✄

오려서 예쁜 액자에 끼워 주세요

인텔리가 아니었으면 차라리 …… 노동자가 되었을 것인데
인텔리인지라 그 속에는 들어갔다가도 도로 달아나오는 것이
99퍼센트다. 그 나머지는 모두 어깨가 축 처진 무직 인텔리
요, 무력한 문화 예비군 속에서 푸른 한숨만 쉬는 초상집의
주인 없는 개들이다. 레디메이드 인생이다.

부르는 소리에 대답하듯
색시가 기침을 하면서
지친 사립문을 열어치면
봉숭는 반갑다고
한걸음에 뛰어들어
색시 앞에 우뚝
어둠 속에서도
배속히 웃는다.
색시도 웃는다.

다시 읽는 채만식

레디메이드 인생

다시 읽는 채만식

레디메이드 인생

채만식 지음 / 고성원 그림

맑은소리

다시 읽는 채만식

레디메이드 인생

차   례

레디메이드 인생

레디메이드 인생

레디
메이드
인생

1

"뭐 어디 빈자리가 있어야지."

K사장은 안락의자에 폭신 파묻힌 몸을 뒤로 벌떡 젖히며 하품을 하듯이 시원찮게 대답을 한다. 두 팔을 쭉 내뻗고 기지개라도 한번 쓰고 싶은 것을 겨우 참는 눈치다.

이 K사장과 둥근 탁자를 사이에 두고 공손히 마주 앉아 얼굴에는 '나는 선배인 선생님을 극히 존경하고 앙모합니다' 하는 비굴한 미소를 띠고, 있는 구변 없는 구변을 다하여 직업 동냥의 구걸(求乞) 문구를 기다랗게 늘어놓던

P——P는 그러나 취직 운동에 백전백패(百戰百敗)의 노졸(老卒)인지라 K씨의 힘 아니 드는 한마디의 거절에도 새삼스럽게 실망도 아니한다. 대답이 그렇게 나왔으니 인제 더 졸라도 별수가 없는 것이지만 헛일삼아 한마디 더 해 보는 것이다.

"글쎄올시다, 그러시다면 지금 당장 어떻게 해 주십사고 무리하게 조를 수야 있겠습니까마는…… 그러면 이담에 결원이 있다든지 하면 그때는 꼭……."

이렇게 말하고 P는 지금까지 외면하였던 얼굴을 돌리어 K사장을 조심성 있게 바라보았다. 그러나 K사장은 우선 고개를 좌우로 두어 번 흔들고는 여전히 하품 섞인 대답을 한다.

"결원이 그렇게 나나, 어디…… 그리고 간혹 가다가 결원이 난다더라도 유력한 후보자가 몇십 명씩 밀려 있어서…… ."

P는 아무 말도 아니하고 고개를 숙였다. 인제는 영영 틀어진 것이다. '안녕히 계십시오' 하고 일어서는 것밖에는 별수가 없었다.

별수가 없이 되었으니 '네, 그렇습니까' 하고 선선히 일어서야 할 것이지만, 지금까지의 은근히 모시고 있던 태도에 비하여 그것이 너무 낯간지러운 표변임을 알기 때문에 실망이나 하는 체하고 잠시 더 앉아 있는 것이다.

"거참 큰일났어."

K사장은 P가 낙심해하는 것을 보고 밑천이 들지 아니하는 일이라서 알뜰히 걱정을 나누어 준다.

"저렇게 좋은 청년들이 일거리가 없어서 저렇게들 애를 쓰니."

P는 속으로 코똥을 '흥' 하고 꾸었으나 아무 대답도 아니하였다. K사장은 P가 이미 더 조르지 아니하리라고 안심한지라 먼저 하품 섞어 '빈자리가 있어야지' 하던 시원찮은 태도는 버리고 그가 늘 흉중에 묻어 두었다가 청년들에게 한바탕씩 해 들려 주는 훈화를 꺼낸다.

"그렇지만 내가 늘 말하는 것인데 저렇게 취직만 하려고 애를 쓸 게 아니야. 도회지에서 월급 생활을 하려고 할 것만이 아니라 농촌으로 돌아가서……."

"농촌으로 돌아가서 무얼 합니까?"

P는 말 중동을 잘라 불쑥 반문하였다. 그는 기왕 취직 운동은 글러진 것이니 속시원하게 시비라도 해 보고 싶은 것이다.

"허, 저게 다 모르는 소리야…… 조선은 농업국이요 농민이 전 인구의 8할이나 되니까 조선 문제는 즉 농촌 문제라고 볼 수 있는데, 아 지금 농촌에서 할 일이 오죽이나

많다구?"

"저는 그 말씀 잘 못 알아듣겠는데요. 저희 같은 사람이 농촌에 가서 할 일이 있을 것 같잖습니다."

"그럴 리가 있나! 가령 응…… 저……."

K사장은 끝내 대답을 하지 못한다. 그것은 무리가 아니다.

그가 구직하러 오는 지식 청년들에게 농촌으로 돌아가 농촌 사업을 하라는 것은(다음에 또 꺼내는 일거리를 만들라는 것은) 결코 현실에서 출발한 이론적 근거가 있는 것이 아니었다. 그저 지식 계급의 구직꾼이 넘치는 것을 보고 막연히 '농촌으로 돌아가라', '일을 만들어라'라고 해 왔을 따름이다. 따라서 거기에 대한 구체적 플랜이 있는 것도 아니었던 것이다. 한편으로는 한 행세거리로, 또 한편으로는 구직꾼 격퇴의 수단으로 자룡이 헌창 쓰듯 썼을 뿐이지…….

그리하여 그 동안까지는 대개는 그 막연한 설교를 들은 성 만 성 물러가는 것이 그들의 행투였었는데, 오늘 이 P에게만은 그렇지가 아니하여 불가불 구체적 설명을 해 주어야 하게 말머리가 돌아선 것이다. 그래서 그는 떠듬떠듬 생각해 가면서 생각나는 대로 주워섬기는 것이다.

"가령, 응…… 저…… 문맹 퇴치 운동도 있지. 농민의

9할은 언문도 모른단 말이야! 그리고 생활 개선 운동도 좋고…… 헌신적으로."

"헌신적으로?"

"그렇지…… 할 테면 헌신적으로 해야지."

"무얼 먹고 헌신적으로 그런 사업을 합니까? 먹을 것이 있어서 그런 농촌 사업이라도 할 신세라면 이렇게 취직을 못해서 애를 쓰겠습니까?"

"허! 그게 안 된 생각이야. 자기가 먹고 살 재산이 있으면서 사회를 위해서 일도 아니하고 번들번들 논다는 것은, 그것은 타락된 생각이야."

P는 K사장이 억단을 내세우는 것을 보고 속으로 싱그레 웃었다.

"그렇지만 지금 조선 농촌에서는 문맹 퇴치니 생활 개선이니 합네 하고 손끝이 하얀 대학이나 전문학교 졸업생들이 모여 오는 것을 그다지 반겨 하기는커녕 머릿살을 앓을 것입니다. 농민이 우매하다든지 문화가 뒤떨어졌다든지, 또 생활이 비참한 것의 근본 원인이, 기역 니은을 모른다든지가 생활 개선을 할 줄 몰라서 그런 것이 아니니까요. 그리고 조선의 지식 청년들이 모두 그런 인도주의자가 되어집니까?"

"되면 되지 안 될 건 무어야?"

"그건 인도주의란 그것이 한 개 공상이니까 그렇겠지요."

"허허…… 그러면 P군은 ××주의잔가?"

"되다가 찌부러진 찌스러깁니다. 철저한 ××주의자라면 이렇게 선생님한테 와서 취직 운동도 아니합니다."

"못써. 그렇게 과격한 사상으로 기울어서야 쓰나…… 정 농촌으로 돌아가기가 싫거든 서울서라도 몇 사람 마음 맞는 사람이 모여서 무슨 일을 —— 조국에 신문이 모자라니 신문을 하나 경영하든지 또 조그맣게 하자면 잡지 같은 것도 좋고, 또 영리 사업도 좋고…… 그러면 취직 운동하는 것보담 훨씬 낫잖은가?"

"좋을 줄이야 압니다만 누가 돈을 내놓읍니까?"

"그거야 성의있게 하면 자연 돈도 생기는 거지."

P는 엉터리없는 수작을 더 하기가 싫어 웬만큼 말을 끊고 일어섰다.

속에 있는 말을 어느 정도까지 활활 해 준 것이 시원은 하나 또 취직이 글렀구나 생각하니 입 안에서 쓴 침이 고여 나온다.

복도에서 편집국장 C를 만났다. P는 C와 자별히 사이가 가까운 터이었다.

"사장 만나러 왔소?"

C는 묻는 것이다.

"아아니."

P는 거짓말을 하였다. 그는 지금 사장을 만나 거절당한 이야기를 하기가 어쩐지 창피하기도 할 뿐 아니라, 또 전부터 C더러 K사장에게 자기의 취직 운동을 부탁해 왔던 터인데 직접 이렇게 찾아와서 만났다고 하기가 혐의쩍기도 하여 시치미를 뚝 뗀 것이다.

"아주 단념하오."

C 자기에게 부탁한 취직 운동을 단념하란 말이다. 그러면 벌써 C가 K사장에게 이야기를 하였고, 그 결과 일이 틀어진 것을 P는 모르고 와서 헛노릇을 한바탕 한 것이다. P는 먼저 C를 만나보지 아니하고 K사장을 만난 것을 후회하였다.

C는 잠깐 멈췄던 말을 계속한다.

"어제 아침에 사장더러 P군의 사정이 퍽 난처하니 어떻게 생각해 봐주면 좋겠다고 여러 말을 했다가 코떼었소. 신문사가 구제 기관이 아닌데 남의 사정이 난처한 것을 어떻게 하라느냐고 그럽디다…… 하기야 그게 옳은 말이지만……."

신문사가 구제 기관이 아니라고 한다는 그 말이 P의 머리에는 침 끝으로 찌르는 것같이 정신이 들게 울리었다.

"흥! 망할 자식들!"

P는 혼잣말로 이렇게 투덜거리며 C와 작별도 아니하고 밖으로 나와 버렸다.

2

P는 광화문 네거리의 기념비각(紀念碑閣) 옆에서 발길을 멈추고 망설였다. 어디로 갈까 하는 것이다.

봄 하늘이 맑게 개었다. 햇볕이 살이 올라 포근히 온몸을 싸고 돈다. 덕석 같은 겨울 외투를 벗어 버리고 말쑥말쑥하게 새로 지은 경쾌한 춘추복의 젊은이들이 봄볕처럼 명랑하게 오고 가고 한다.

멋쟁이로 차린 여자들의 목도리가 나비같이 보드랍게 나부낀다. 그 오동보동한 비단 다리를 바라다보노라니 P는 전에 먹던 치킨카츠가 생각났다.

창을 활활 열어제친 전차 속의 봄 사람들을 보니 P도 전차를 잡아 타고 교외나 나가고 싶었다. 그러나 크림 맛을 못 본 지 몇 달이 된 낡은 구두, 구기적거린 양복바지, 양편 포켓이 오뉴월 쇠불알같이 축 처진 양복 저고리, 땟국 묻은 와이셔츠와 배배 꼬인 넥타이, 엿장수가 이 전어치 주마던 낡은 모자, 이렇게 아래로부터 훑어 올려보며

생각하니 교외의 산보는커녕 얼핏 돌아가서 차라리 이불을
뒤집어쓰고 드러눕고만 싶었다.

마침 기념비각 앞에 자동차 하나가 머물더니 서양 사람
내외가 내린다. 그들은 사내가 설명하고 여자가 듣고 하면
서 기념비각을 앞뒤로 구경한다. 여자는 사진까지 찍는다.

대원군이 만일 이 꼴을 본다면……. 이렇게 생각하매
P는 저절로 미소가 입가에 떠올랐다.

3

대원군은 한말(韓末)의 돈키호테였다. 그는 바가지를
쓰고 벼락을 막으려 하였다. 바가지는 여지없이 부스러졌
다. 역사는 조선이라는 조그마한 땅덩어리나마 너무 오래
뒤떨어뜨려 놓지 아니하였다.

갑신정변(甲申政變)에 싹이 트기 시작하여 가지고 한일
합방의 급격한 역사적 변천을 거치어 자유주의의 사조는
기미년에 비로소 확실한 걸음을 내디디었다.

자유주의의 새로운 깃발을 내건 시민(市民)의 기세는
등등하였다.

"양반? 흥! 누구는 발이 하나길래 너희만 양발(반)이라
느냐?"

"법률의 앞에서는 만인이 평등이다."

"돈…… 돈이 있으면 무어든지 할 수 있다."

신흥 부르주아지는 민주주의의 간판을 이용하여 노동자, 농민의 등을 어루만지고 경제적으로 유력한 봉건 귀족과 악수를 하는 동시에 지식 계급을 대량으로 주문하였다.

'유자천금(遺子千金)이 불여교자일권서(不如敎子一卷書)'라는 봉건시대의 진리가 자유주의의 세례를 받아 일단의 더 발전된 얼굴로 민중을 열광시켰다.

"배워라, 글을 배워라…… 지식만 있으면 누구나 양반이 되고 잘살 수가 있다."

이러한 정열의 외침이 방방곡곡에서 소스라쳐 일어났다.

신문과 잡지가 붓이 닳도록 향학열을 고취하고 피가 끓는 지사(志士)들이 향촌으로 돌아다니며 삼 촌의 혀를 놀리어 권학(勸學)을 부르짖었다.

"배워라! 배워야 한다. 상놈도 배우면 양반이 된다."

"가르쳐라! 논밭을 팔고 집을 팔아서라도 가르쳐라. 그나마도 못하면 고학이라도 해야 한다."

"공자 왈 맹자 왈은 이미 시대가 늦었다. 상투를 까고 신학문을 배워라."

"야학을 실시하여라."

재등(齋藤) 총독이 문화정치의 간판을 내걸고 골고루 학교를 증설하였다. 보통학교의 교장이 감발을 하고 촌으로 돌아다니며 입학을 권유하였다. 생도에게는 월사금을 받기는커녕 교과서와 학용품을 대주었다.

민간의 유지는 돈을 거둬 학교를 세웠다. 민립대학도 생기려다가 말았다. 청년회에서 야학을 실시하였다. '갈돕회'가 생겨 갈돕만주 외는 소리가 서울의 신풍경을 이루었고, 일반은 고학생을 존경하였다.

여학생이라는 새 숙어가 생기고, 신여성이라는 새 여인이 생기어났다.

이와 같이 조선의 관민이 일치되어 민중의 지식 정도를 높이는 데 진력을 하였다. 즉 그들 관민이 일치하여 계획한 조선의 문화 정도는 급속도로 높아갔다. 그리하여 민중의 지식 보급에 애쓴 보람은 나타났다.

면서기를 공급하고, 순사를 공급하고, 간이 농업학교 출신의 농사 개량 기수를 공급하였다.

은행원이 생기고, 회사원이 생겼다. 학교 교원이 생기고, 교회의 목사가 생겼다. 신문 기자가 생기고, 잡지 기자가 생겼다. 민중의 지식 정도가 높았으니 신문잡지 독자가 부쩍 늘고, 의사와 변호사의 벌이가 윤택하여졌다.

소설가가 원고료를 얻어먹고, 미술가가 그림을 팔아먹

고, 음악가가 광대의 천호(賤號)에서 벗어났다.

인쇄소와 책 장사가 세월을 만나고 양복점, 구둣방이 늘비하여졌다.

연애 결혼에 목사님의 부수입이 생기고, 문화 주택을 짓느라고 청부업자가 부자가 되었다. 그리하여 부르주아지는 가보를 잡고, 공부한 일부의 지식꾼은 진주(다섯끗)를 잡았다.

그러나 노동자와 농민은 무대를 잡았다. 그들에게는 조선 문화의 향상이나 민족적 발전이나가 도리어 무거운 짐을 지워 주었을지언정 덜어 주지는 아니하였다. 그들은 배〔梨〕 주고 속 얻어먹은 셈이다.

인텔리 —— 인텔리 중에도 아무런 손끝의 기술이 없이 대학이나 전문학교의 졸업 증서 한 장을, 또는 조그마한 보통 상식을 가진 직업 없는 인텔리 —— 해마다 천여 명씩 늘어가는 인텔리 —— 뱀을 본 것은 이들 인텔리다.

부르주아지의 모든 기관이 포화 상태가 되어 더 수효가 아니 느니 그들은 결국 꾐을 받아 나무에 올라갔다가 흔들리우는 셈이다. 개밥의 도토리다.

인텔리가 아니었으면 차라리……(일제(日帝) 당시 아홉 자 삭제 —— 편집자 주) 노동자가 되었을 것인데 인텔리인지라 그 속에는 들어갔다가도 도로 달아나오는 것이 99퍼

센트다. 그 나머지는 모두 어깨가 축 처진 무직 인텔리요, 무력한 문화 예비군 속에서 푸른 한숨만 쉬는 초상집의 주인 없는 개들이다. 레디메이드 인생이다.

4

"제길!"

P는 혼자 투덜거리며 지금까지 섰던 기념비각 옆을 떠났다.

P는 자기 자신이고 세상의 모든 일이고 모두 짜증이 나고 원수스러웠다.

광화문 큰거리를 총독부 쪽으로 어실어실 걸어가노라니 그의 그림자가 짤막하게 앞에 누워 간다. P는 자기의 그림자를 콱 밟고 싶었다. 그러나 발을 내디디면 그림자도 그만큼 앞으로 더 나가곤 한다. 이 그림자와 자기 자신에서, 그리고 그림자를 밟으려는 자기 자신과 앞으로 달아나는 그림자에서 P는 자기의 이중인격의 모순상(相)을 발견하였다.

동십자각 옆에까지 온 P는 그 건너편 담배 가게 앞으로 갔다.

"담배 한 갑 주시오."

하고 돈을 꺼내려니까 담배 가게 주인이,

"네, 마꼬입니까?"

묻는다.

P는 담배 가게 주인을 한 번 거들떠보고 다시 자기의 행색을 내려 훑어보다가 심술이 번쩍 났다. 그래서 잔돈으로 꺼내려던 것을 일부러 일 원짜리로 꺼내려는데, 담배 가게 주인은 벌써 마꼬 한 갑 위에다 성냥을 받쳐 내민다.

"해태 주어요."

P는 돈을 들이밀면서 볼멘소리를 질렀다. 그러나 담배 가게 주인은 그저 무신경하게,

"네!"

하고는 마꼬를 해태로 바꾸어 주고 팔십오 전을 거슬러다 준다.

P는 저편이 무렴해하지 아니하는 것이 더욱 얄미웠다.

그는 해태 한 개를 꺼내어 붙여 물고 다시 전찻길을 건너 개천가로 해서 올라갔다. 인제는 포켓 속에 남은 것이 꼭 삼 원하고 동전 몇 푼이다. 엊그제 겨울 외투를 사 원에 잡혀서 생긴 것이다.

방세와 전깃불 값이 두 달치나 밀렸다. 삼 원은 방세 한 달치를 주고 일 원에서 전등삯 한 달치를 주고도 싶었으나, 그리고 나면 그 나머지로 설렁탕이나 호떡을 사 먹어

도 하룻밤에는 못 지낸다. 그대로 넣어 두고 한 이틀 지내는 동안에 일 원이 거진 달아났던 판인데, 공연한 객기를 부리느라고 당치도 아니한 해태를 샀기 때문에 인제는 일원 돈은 완전히 달아나고 삼 원만 남은 것이다.

P는 포켓 속에 손을 넣고 잔돈과 지폐를 섞어 삼 원 남은 돈을 만지작거렸다. 그러면서 왼편 손으로는 손가락을 꼽아가며 삼 원을 곱쟁이쳐 보았다.

육 원, 십이 원, 이십사 원, 사십팔 원, 구십육 원, 백구십이 원, 팔 원 모자라는 이백 원……. 사백 원, 팔백 원, 일천육백 원, 삼천이백 원, 육천사백 원, 일만 이천팔백 원, 팔백 원은 떼버리고 이만 사천 원, 사만 팔천 원, 구만 육천 원, 십구만 이천 원, 삼십팔만 사천 원, 칠십육만 팔천 원, 일백 오십삼만 육천 원…….

삼 원을 열여덟 번만 곱집으면 일백 오십삼만 원, 그놈이 있으면……. 이렇게 생각하매 어깨가 으쓱해졌다. 삼 원의 열여덟 곱쟁이가 일백 오십만 원이니 퍽 쉬운 일이다.

그놈만 있으면 백만 원을 들여서 오십 전짜리 십육 페이지 신문을 하나 했으면 우선 K사장의 엉엉 우는 꼴을 볼 수가 있을 것이다.

그러나 아쉬운 대로 십오만 원만 있어도, 일만 오천 원, 아니 일천오백 원만 있어도, 아니 일백오십 원만 있어도,

십오 원만 있어도 우선 방세와 전등삯을 주고 한 달은 살아가겠다.

P는 한숨을 내쉬었다. 한 달? 한 달만 살고 나면 그 담은 어떻게 하나……. 그래도 몇백 원은 있어야지, 아니 몇천 원은, 아니 몇만 원은…….

P는 늘 하는 버릇으로 이런 터무니없는 공상을 되풀이하였다. 그는 최근 이러한 공상을 하면서부터 취직을 시들하게 여겼다. 취직이 된댔자 사오십 원이나 오륙십 원의 월급이다. 그것을 가지고 빠듯빠듯 살아간들 무슨 아기자기한 재미가 있을 턱도 없는 것이다.

가령, 근실히 해서 월괘저금(月掛貯金) 같은 것도 하고, 집도 장만하고, 여편네도 생기고, 사장이나 중역들의 눈에 들어 지위도 부장쯤으로는 올라가고, 그리하여 생활의 근거도 안정이 되고 하면 지금 같은 곤란을 당하지 아니하겠지만, 그러나 P에게는 아직도 젊은 때의 야심이 있어 그러한 고식된 안정이나 명색 없는 생활은 도리어 피하고 싶었던 것이다. 좀더 남의 눈에 띄며 좀더 재미있고 그리고 자유로운 생활…….

물론 그는 지금이라도 누가 한 달에 삼십 원만 줄 테니 와서 일을 해 달라면 마치 주린 개가 고기를 보고 덤비듯이 덮어 놓고 덤벼들 것이다. 그러나 속으로는 그와는 딴 판으로 배포를 부리고 있는 것이다.

P가 삼청동으로 올라가느라고 건춘문 앞까지 이르렀을 때에 저편에서 말쑥하게 봄 치장을 한 여자 하나가 마주 내려왔다.

역시 삼청동 근처에 사는 여자인지 P와는 가끔 마주치는 여자다.

P는 그 여자와 만날 때마다 일부러 눈여겨보지 아니하는 체는 하면서도 실상은 고고샅샅 관찰을 하였고, 그리고 속으로는 연애라도 좀 했으면 하던 터이었다. 무엇보다도 동그스름한 얼굴에 이목구비가 모두 모지지 아니하고 얼굴의 윤곽이 동글 듯이 모가 나지 아니한 것, 그래서 맘자리도 그렇게 동글려니 하는 것이 P의 마음을 끈 것이다.

그 여자는 자주 만나는 이 협수룩한 양복쟁이, P를 먼 빛으로도 알아보았는지 처녀다운 조심스런 몸매로 길을 가로 비켜 가까이 왔다.

P는 고개를 꼿꼿이 쳐들고 앞만 쳐다보면서도 속으로는,

'저 여자가 지금 내 옆으로 다가와서 조그만 소리로 정답게 구애(求愛)를 한다면? 사뭇 들이안긴다면…… 어쩔꼬?'

이런 생각을 하면서 히죽이 웃는데 여자는 벌써 지나쳐

버렸다.

　'흥! 어쩌긴 뭘 어째…… 이년아, 일없다는데 왜 이래! 하고 발길로 칵 차 내던지지.'
하고 P는 어깨를 으쓱하였다.

　삼청동 꼭대기에 있는 집——집이 아니라 사글세로 든 행랑방——에 돌아왔다. 객지에 혼자 있으니 웬만하면 하숙에 있을 것이로되 밥값에 밀리고 그것에 졸릴 것이 무서워 P는 방을 얻어 가지고 있었던 것이다.

　먹는 것이야 수중에 돈이 있는 때에 따라 호떡도 설렁탕도 백화점의 런치도, 그렇잖고 몇 끼니씩 굶기도 하여 대중이 없었다.

　볕 구경을 잘 못해서 겨울에도 곰팡이가 슬고 이불을 며칠씩 그대로 펴 두는 방바닥에서는 먼지가 풀신풀신 올랐다. 하도 어설퍼 앉으려고도 하지 않고 방 가운데 우두커니 서서 있노라니까 안방 문 여닫는 소리가 들리며 주인 노파가 나와서 캑 하고 기침을 한다. P는 또 방세 졸릴 일이 아득하였다.

　그러나 노파는 방세보다도 우선 편지 한 장을 들이밀어 준다. 고향의 형에게서 온 것이다. 편지를 뜯어 읽고 난 P는 말가웃〔一斗半〕이나 되게 한숨을 푸 내쉬었다. 그리고는 편지를 박박 찢어 버렸다.

5

편지의 요건은 P의 아들에 관한 것이다.

P에게는 연전에 갈린 아내와의 사이에 생긴 창선이라는 아들이 있다. 금년에 아홉 살이다.

아내와 갈릴 때에 저편에서 다만 어린애만이라도 주었으면 그것을 데리고 길러가는 재미로 혼자 사는 세상에 낙을 붙이겠다고 사정하였다. 그리고 적어도 중학까지는 마치게 하겠다는 것이었다.

그렇게 했으면 P도 한 짐을 덜었을 것이다. 그러나 그는 듣지 아니하였다.

어릴 적부터 소박데기 어미의 손에서 아비의 원망과 푸념을 들어가면서 자란 자식은 자란 뒤에 그 아비에게 호감을 가지지 못한다. P는 자식을 꼭 찾고 싶은 것은 아니나 아무튼 장성하면 아비라고 찾아올 터인데, 그때에 P는 이미 늙고 자식은 팔팔하게 젊은 놈이 제 어미를 소박한 아비라서 아니꼽게 군다면 그것은 차마 못 당할 노릇이다.

이러한 생각으로 P는 창선이를 내주지 아니한 것이다. 그러나 빼앗아 놓고 보니 인제 겨우 너덧 살밖에 아니 먹은 것을 자기 손으로 어찌할 수가 없다. 그리하여 할 수 없이 어렵사리 지내는 그 형에게 맡기어 놓고 다시 서울로

올라온 것이다. 보통학교에 다닐 나이가 되면 서울로 데려
오겠다고 해 두고.

　P의 형은 작년에 조카를 보통학교에 입학시켰다. 그러
나 극빈 축에 드는 집안인지라 몇 푼 아니 되는 월사금과
학비를 대지 못하여 중도에 퇴학시켰다. 애초에 입학시킬
상의로 P에게 편지를 했을 때에 P는 공부 같은 것은 시켰
자 소용이 없으니 차라리 뼈가 보드라운 때부터 생일〔勞
動〕을 시키라고 하였다. P의 형은 그러나 백부(伯父)의
도리로나 집안의 체면으로나 창선이를 생일을 시킬 수가
없었다. 차라리 자기 손에 두어 헐벗기고 헐입히면서 공부
도 시키지 못하느니 제 아비인 P더러 데려가라고 작년부
터 편지를 하던 터이다.

　금년도 입학 시기가 당함에 P의 형은 P에게 수차 편지
를 하였다. 금년에 입학을 시키지 못하면 명년에는 학령이
초과되어 들여 주지 아니할 것이니 어서 데려다가 공부를
시키라는 것이다.

　그 어린것이 굶기를 먹듯 하고 재주는 있으면서 남의
집 아이들이 학교에 다니는 것을 부러워하는 꼴은 차마
애처로워 볼 수가 없다. 차라리 이꼴저꼴 보지 아니하는
것이 속이나 편하겠다.

이번 편지에는 이런 구절이 있고 끝에 가서,

여비가 몇 원 변통되면 차를 태우고 전보를 칠 테니 정거장에 나와 데려가거라. 나도 웬만하면 객지에 혼자 있는 너에게 어린 자식을 떠맡기듯이 보내겠느냐마는 잘못하다가 그것을 굶겨 죽이겠기에 생각다 못하여 단행하는 것이다.

이러한 말이 씌어 있었다.

P는 박박 찢은 편지를 돌돌 뭉쳐 방구석에 내던지고 한숨을 푸 내쉬었다.

인제는 자식을 데리고 있기가 피할 수 없이 되었는데 어떻게 했으면 좋을까 하는 것이다. 그는 형이 원망스럽고 아니꼬웠다. 굳이 제 아비를 따라 보낸다는 것이 아니라 부둥부둥 공부를 시키라는 것 때문이다. 기왕 서울로 보내나 시골서 데리고 있으나 고생시키기는 일반이니 차라리 시골서 일찍부터 생일이나 시켰으면 P에게는 여러 가지 좋은 것이었다.

"흥! 체면! 공부! 죽어도 인텔리는 만들잖는다."

P는 혼자 이렇게 투덜거렸다.

"집에서 온 편지유? 무슨 걱정이 생겼수?"

말거리를 찾지 못하여 머뭇거리고 섰던 안방 노인이 동정이나 하는 듯이 이렇게 묻는다.

"아, 아니오."

P는 마지못해 코대답을 하였다.

"필경 무슨 걱정이 생긴 게구려!"

노인은 자기의 말거리를 만들려고 아니라는데도 이렇게 걱정을 내놓는다.

"그게 모두 가난한 탓이지…… 저렇게 젊고 똑똑한 이가, 저게 모두 가난한 탓이야! 어디 구실〔職業〕 자리 말한다더니 아직 아니 됐수?"

"네, 아직……."

"거 큰일났구려! 어서 돼야 할 텐데…… 나두 꼭 죽겠수…… 이 늙은 것이…… 돈 좀 마련되잖았수?"

"네, 아직 좀……."

"저걸 어쩌나! 오늘은 물값이야 전깃불 값이야 사뭇 받으러 달려들 텐데!"

"며칠만 더 미루십시오. 설마하니 마나님이야 아니 드리겠습니까……."

"아무렴! 실수야 없을 줄 알지만 내가 하도 옹색하니깐 그러는 거지……."

P는 노인이 지껄이게 두어 두고 혼자 생각하였다. 전에

아는 집에서 셋방을 얻어 들었을 때에는 두 달이고 석 달이고 세가 밀려야 조르는 법이 없었다. 밀려도 조르지 아니하는 아는 집——이것이 P는 도리어 미안해서 이곳으로 옮겨 온 것이다. 옮겨 와 가지고 막상 졸림질을 당하니 미안해도 졸림질을 아니하던 옛집이 그리워지는 것이다.

노인이 문을 가로막고 서서 수다스런 소리로 더 지껄이려고 하는데 마침 P의 동무 M과 H가 찾아왔다.

"어디 나가나?"

M이 그러잖아도 벌씸한 코를 한 번 더 벌씸하고 사이 벌어진 앞니를 내보이며 상긋 웃는다.

몸집은 M과 같이 뚱뚱하지만 키가 작아 M의 뒤에 가려 섰던 H가 옆으로 나서며,

"안녕하시오."

하고 인사를 한다.

P는 싱긋이 웃었다. 이 M과 H는 같은 하숙에 있는데 두 사람은 곧잘 같이 돌아다닌다. 같이 가는 것을 나란히 세워 놓고 보면 하나는 키카 커서 우뚝하고, 하나는 키가 작아서 납작 붙어 가는 것 같다.

얼굴도 M은 우둘우둘한 게 정객 타입으로 생기었고 —— 잘못하면 복싱 링에 내세워도 좋겠고 —— H는 안존한 게 사무원 타입이다.

일상의 언행을 보아도 H는 무슨 이야기가 자기 전문인 법률에 관한 것에 다다르면 육법전서의 조목을 따르르 외면서 이렇고 저렇고 하다고…… 설명을 하고, M은 동경서 학생 ××에 제휴를 했던 만큼, 그리고 전문이 정경과인 만큼 좌익 진영에서 쓰는 어투가 그대로 나온다.

"여전히 모두 동색(冬色)이 창연하군!"

P는 두 사람의 툭툭한 겨울 양복을 보고 그리고 자기의 행색을 내려다보며 웃었다.

M이 신을 벗고 들어와 먼지 앉은 책상 위에 걸터앉으며,

"춘래불사춘일세."

하고 한마디 왼다. H도 따라 들어와 한편에 앉으며 한마디 한다.

"아직 괜찮아…… 거리에서 보니까 동복 입은 사람이 많데……."

"괜찮기는 뭐 괜찮아…… 우리가 길로 돌아다니니까 사방에서 아이구야 소리가 들리데."

"왜?"

"봄이 발 밑에서 짓밟히느라고."

"하하하하."

세 사람은 소리를 내어 웃었다.

"참, 시험 본 것 어떻게 되었소?"

P는 H가 일전에 총독부서 본 고원 채용 시험을 생각하고 물어보았다.

"말도 마시우…… 인제는 꼭 들어앉아 공부나 해 가지고 변호사 시험이나 치겠소."

사람이 별로 변통성도 없고 그렇다고 여기저기 발련도 없이 취직이 여의하게 되지 못하는 것을 볼 때에 P는 가엾은 생각이 늘 들곤 하였다.

"가만 있게, 어서 변호사 시험만 패스하게. 그러면 인제 내가 백만 원짜리 주식회사를 조직해 가지고 자네를 법률 고문으로 모셔옴세."

이것은 M이 늘 농삼아 하는 농담이다. M도 일 년이나 취직 운동을 하면서 지냈건만 그는 되레 배포가 유하다. 좀 더 재빠르게 했으면 M은 벌써 취직이 되었을는지도 모르나 그는 타고난 배포와 그리고 남에게 아유구용(阿諛苟容)을 하기 싫어하는 성질로 말하자면 취직 전선의 낙오자다.

별로 만나야 할 일도 없다. 그러나 제가끔 혼자 있으면 우울해지니까 이렇게 서로 찾으며 자주 만나게 된다. 만나 앉아서 이야기라도 지껄이면 그 동안만은 명랑하여진다. 지금 서울 안에 P니 M이니 H와 같이 매일 만나 하는 일 없이 돌아다니고, 주머니 구석에 돈푼 있으면 서로 털어

선술잔이나 먹고 하는 룸펜(Lumpen ; 무직자 또는 부랑자)의 패가 수없이 많다.

무어나 일을 맡기었으면 불이 번쩍 일게 해낼 팔팔한 젊은 사람들이다. 그렇건만 그들은 몸을 비비 꼬고 있다.

아무 데도 용납치 못하는 사람들이다. ××적 ××에서 그들을 불러들이기에는 ××적 ××의 주관적 정세가 너무도 미약하다. 그것은 그들의 몇 부분이 동경서 학생으로 있을 시절에는 그 속에서 활발하게 ××을 계속하던 것이 조선에 나오면서 탈리(脫離)되는 것으로 보아 그러한 해석을 내리지 아니할 수가 없다.

그렇다고 부르주아지의 기성 문화 기관에 들어가자니 그곳에서는 수요를 찾지 아니한다. '레디메이드'로 된 존재들이니 아무 때라도 저편에서 필요해야만 몇씩 사들여 간다.

M이 마꼬를 꺼내 놓고 붙여 문다. P는 포켓 속에 들어 있는 해태를 차마 내놓기가 낯이 따가워 M의 마꼬를 집어 당겼다.

P는 설명을 시작한다. P자신 그러한 장난 비슷한 공상은 하면서 일단 해 보라고 하면 주저할 것이지만, 어쨌거나 그랬으면 통쾌하리라는 것이다.

"먼점 경무국에 들어가서 아주 까놓고 이야기를 한단 말이야. 우리가 지금 대상으로 하고 있는 것은 총독부가 아니라 조선의 소위 민간측 유지들이니까 간섭을 말아 달라고."

"그러면 관허(官許) 메이데이로구면."

"그래, 관허도 좋아…… 그래가지고는 거기에다가 무어라고 쓰느냐 하면 '우리에게 향학열을 고취한 놈이 누구냐? 어때?'

"좋 —— 지."

"인텔리에게 직업을 내라…… 이렇게 노래를 지어 부르거든."

"응, 유지와 명사의 가면을 박탈시키라고 —— 한 몇십 명이 그렇게 데모를 한단 말이야."

"하하하하."

M은 이렇게 웃고, H는 시원찮은 핀잔을 준다.

"듣그럽소, 여보…… 아, 글쎄 멀끔멀끔한 양복쟁이들이 종로 네거리로 기를 받고 그렇게 다녀 봐! 애들이 와서 나 광고지 한 장 주! 하잖나."

"하하하하."

"허허허허."

창 밖에서 냉이장수가 싸구려 소리를 외치고 지나간다. M이 그에 응하여,

"이크, 봄을 덤핑하는구나."

"흥, 경제학자라 다르군…… 참, 우리 하숙에서는 채소를 좀 먹여 주어야지!"

"밥값을 잘 내 보지."

"그도 그렇지만."

"나는 석 달치 밀렸네."

"나도 그렇게 될걸."

"그러니까 나처럼 이렇게 아파트 생활을 해요."

이것은 P의 말이다. 아파트라고 말해 놓고 서글퍼서 허허 웃었다.

"조선식 아파트! 그렇지만 우리가 아파트 생활을 했다면 아마 두어 달 전에 굶어 죽었을걸."

"나는 돈을 보면 초면 인사를 해야 되겠네…… 본 지가 하도 오래서 낯을 잊었어."

"여보게."

하고 M이 의젓하게 H를 달군다.

"돈 구경한 지 오래 됐다지?"

"응."

"좋은 수가 있네."

"뭣?"

"자네 책 좀 삼사(三四) 구락부에 보내세."

"싫으이."

"자네 돈 구경하고…… 구경하고…… 나서 그놈으로 한잔 먹고……."

"한잔 말이 났으니 말이지, 요즘 같으면 술이나 실컷 먹고 주정이라도 했으면 속이 시원하겠네."

"그러니까 말이야…… 가세, 가서 다섯 권 잽혀."

"일없다."

"내가 찾아주지."

"흥."

"정말이야."

"싫어."

6

그날 밤——.

P와 M은 H를 졸라 그의 법률책을 잡혀 돈 육 원을 만들어 가지고 나섰다.

선술집에 가서 엔간히 취하도록 먹은 뒤에 C라는 카페에 가서 술 두 병을 놓고 자정이 되도록 노닥거렸다. 그곳에서 나올 때는 육 원 돈이 이 원 남았다. 이 원의 처지를 생각하다 세 사람은 일제히 동관으로 가기로 하였다.

세 사람이 모두 다리가 비틀거렸다. 그중에도 P는 더욱

취하였다.

널니리 가락으로 들어박힌 갈보집, 다 쓰러져 가는 초가집을 세 사람이 아는 집 들어서듯 쑥쑥 들어서니,

"들어오십시오."

"어서 오십시오."

라고 머리 딴 계집애와 배가 북통 같은 애 밴 계집이 마루로 나선다.

P가 무심결에 해태 갑을 꺼내어 붙여 무니까 머리 딴 계집애가 P의 목을 얼싸안고 볼에다 입을 쪽 맞추더니,

"나도 하나."

하고 손을 벌린다. P는 기가 막혀 담뱃갑을 내미는데 H와 M은 박수를 하며,

"브라보!"

하고 굉장하게 큰 소리로 외친다.

건넌방에 들어가 앉으니 마루에서 딸그락딸그락 소리가 난다. 배부른 계집은 푸대접을 받고 머리 딴 계집애가 H와 M의 손으로 옮아 다니면서 주물린다. 깩깩 소리를 지르며 엄살을 한다. 말을 붙이고 대답을 주고받고 하는 것이 H와 M은 전에 한 번 와 본 집인 듯하다.

잔은 사발만한데 술 주전자는 눈알만하다. 술을 부어 놓으니 M이 척 받아 놓고는 노래를 투정한다. 계집애는 그

보다 더 약아서 제가 그 술을 쭉 들이마시고는 빈 잔만 M
의 입에 대어 준다.

P는 개숫물같이 밍밍한 술을 두어 잔 받아 먹는 동안에
비위가 콱 거슬러서 진정하느라고 드러누웠다.

H가 계집애를 무릎에 올려놓고 신이 나게 노래를 부른
다. 물론 고저도 장단도 맞지 아니하는 노래다.

M이 애 밴 계집을 실컷 시달려 주다가 머리 딴 계집애를
빼앗아 가더니 귀에 대고 무어라고 속삭거린다. 그러면서
둘이서 연해 P를 건너다보며 싱긋벙긋 웃는다.

조금 있다가 계집애가 P에게로 오더니 귀에다 입을 대
고 속삭인다.

"저이가 나더러 당신하고 오늘 저녁…… 응, 어때?"

"그래라."

P는 불쑥 성난 것처럼 대답했다.

"아이! 싱거워!"

계집애는 P를 한 번 꼬집어 주고 다시 M에게로 달아났
다. M에게로 가서 또 무어라고 속삭거리더니 재차 와 가
지고는 귓속말을 한다.

"자고 가, 응?"

"그래, 글쎄."

"꼭."

"응."

"정말?"

"응."

술은 네 주전자가 들어왔는데 세 사람 손님은 두서너 잔씩밖에 아니 먹었다. 그 나머지는 다 저희가 먹었다. 계집애가 술이 곤죽이 되게 취해 가지고 해롱해롱 까분다.

술값을 치르는 것을 보고 P도 따라 일어섰다. M이 몸뚱이로 슬쩍 밀어서 방 안으로 들여보내고, 뒤에서 계집애가 양복 뒷깃을 잡아당긴다.

"그래라, 자고 간다."

P는 방 가운데 벌떡 드러누웠다.

"너희 집이 어디냐?"

계집애가 옆에 와서 앉는 것을 보고 P가 물었다.

"××도 ××."

"언제 왔니?"

"작년에."

P는 몸을 일으켰다. 또 속이 왈칵 뒤집혀 좀더 진정하려고 하는 생각인데 계집애가 콱 밀어뜨린다.

"나이 몇 살이냐?"

"열여덟."

"부모는?"

"부모가 있으면 여기서 이 짓을 해?"

"왜 이 짓이 나쁘냐?"

"흥…… 나도 사람이야."

"에꾸! 나는 네가 신선인 줄 알았더니 인제 보니까 사람이로구나!"

"듣그려!"

계집애는 눈을 쪽 흘기고는 갑자기 웃으면서 P의 목을 끌어안는다.

"자고 가, 응?"

"우리 마누라한테 자볼기 맞고 쫓겨난다."

"그러면 나한테 와서 나하고 살지…… 여기 내 빚 팔십 원만 물어주면……."

"팔십 원이냐?"

"응."

"가겠다."

P는 또 일어나려는 것을 계집이 껴안고 놓지 아니한다.

"자고 가…… 내가 반했어."

"아서라."

"정말!"

"놓아."

"아니야, 안 놓아. 자고 가요, 응…… 자고…… 나 돈 좀 주어."

"돈? 내가 돈이 있어 보이니?"

"돈 소리가 절렁절렁 나는데?"

미상불 P의 포켓 속에는 아까부터 잔돈 소리가 가끔 잘
랑거렸다.

"자고 나 돈 조……금 주고 가, 응."

"얼마나?"

"암만도 좋아…… 오십 전도, 아니 이십 전도."

계집애의 말이 떨어지기도 전에 P는 불에 덴 것같이 벌
떡 일어섰다. 일어서면서 그는 포켓 속에 손을 넣고 있는
대로 돈을 움켜쥐어 방바닥에 홱 내던졌다. 일 원짜리 지
전 두 장과 백동전이 방바닥에 요란스럽게 흐트러진다.

"앗다, 돈!"

내던지고는 P는 뛰어나왔다. 그의 눈에는 눈물이 고였
다.

7

P는 정조(貞操)적으로 순진한 사나이가 아니다.

열네 살 때에 소꿉질 같은 장가를 갔고, 그 뒤 동경 가
서 있을 동안에 거기 여자와 살림도 하였다. 조선에 돌아

와 직업을 가지고 있는 사이에 기생과 사귀어 한동안 죽을
둥 살 둥 모르게 지내기도 하였다.

그 밖에도 정 두어 지낸 여자가 두엇 더 있다. 그러나
삼십이 되도록 지금까지 유곽을 가거나 은근짜 집을 가거
나 동관의 색주가 집에 가서 잠자리를 한 일은 없다.

그것은 P의 괴벽이다. 어떠한 여자를 물론하고 그가 정
이 들지 아니한 여자이면 절대로 관계를 아니한다는 것이
었다.

그 대신 한번 P의 눈에 들고 따라서 정이 들면 아무것
도 돌아보지 아니하고 심각한 열정에 맡기어 완전히 그 여
자를 움켜쥐어 버리며, 또한 그 여자에게 전부를 내주어
버린다. 그리하여 그는 늘 'all or nothing'을 말한다.

이것이 처세상 퍽 이롭지 못한 것을 P도 잘 안다. 또 공연
한 승벽이요 고집인 줄 알건만 그는 그것을 고치지 못한다.

이날 밤에도 그는 그 계집애를 조금도 어떻게 하겠다는
생각은 나지 아니하였다.

술 취한 끝에 속이 괴로우니까 진정을 하자는 판인데
"오십 전, 아니 이십 전도 좋아" 하는 소리에 번쩍 흥분이
된 것이다.

너무도 인간이 단작스럽고 악착스러운 것 같았다. P가
노상 보고 듣는 세상이 돈을 중간에 놓고 악착스럽게 으르

렁으르렁하는 것임을 모르는 바는 아니나, 정조 대가로 일금 이십 전을 요구하는 것은 처음 보았다.

P는 그러한 여자가 정조를 파는 데 무신경한 것도 잘 알고 있으며, 따라서 그것이 비도덕적이니 어쩌니 하는 것도 아니다. 그의 관점과 해석은 그런 것보다 더 나아간 입장에 있었다.

그러나 "이십 전만 주어도……" 소리에는 이것저것 생각하고 헤아릴 나위도 없었다. 더럽고 얄미우면서도 눈물이 고였다. 삼 원쯤 되는 전재산을 털어 내던지고 정신없이 뛰어나온 것이었다.

술 취한 P를 혼자 남겨 둔 H와 M은 골목에 기다리고 서서 있었다. P가 뛰어나오는 것을 보고 그들은 우선 농을 건넨다.

"한턱 하오."

"장가간 턱 하게."

P는 고개를 흔들었다. 그리고 멍하니 서서 생각을 하였다.

다분의 가면 밑에서 꿈틀거리는 인도주의에 몹시 증오를 느끼는 P는 이날 밤 자기의 행동을 어떻게 해석할지 몰라 괴로워하였다.

내일을 굶어야 할 그 돈이지만 돈이 아까운 것이 아니

다. 정조 값으로 이십 전을 주어도 좋다는데 왜 정조는 퇴하고 돈만 있는 대로 털어 주었는가? 왜 눈에 눈물이 고였는가?

8

P는 머리가 띵하고 속이 뉘엿거리어 정신을 차릴 수가 없었다. 그는 두 친구에게 인사도 변변히 하지 아니하고 코를 베인 듯이 삼청동으로 올라갔다. 어서 바삐 좀 드러눕고만 싶었던 것이다.

아무리 방구들은 차고 지저분하게 늘어놓았어도 제 처소는 반가운 것이다. 더구나 몸이 괴로울 때는…….

P는 누더기 양복이나마 벗으려고도 아니하고 그대로 펴두었던 이부자리 속에 몸을 파묻었다. 드러누우니 취기가 새삼스레 더하여 영영 옷 벗을 생각도 잊어버리고 그대로 잠이 들었다.

얼마를 자고 났는지 괴로워 부대끼다 못하여 잠이 깨었을 때는 목이 타는 듯이 말랐다. 물은 없다. 물이 없어 못 먹느니라 생각하니 목은 더 말랐다.

밤은 어느 때나 되었는지 짐작할 수가 없다. 전등은 그대로 켜져 있다. 밖에서는 사람 지나다니는 발자국 소리도 들리지 아니한다. 전차 달리는 소리도 들리지 아니하고 가끔 가다가 자동차의 경적이 딴 세상의 소리같이 감감하게 들리어 온다.

밤이 깊지 아니했으면 잠긴 안대문을 두드려 주인 노인에게라도 물을 청하겠지만 깊은 밤에 그리하기도 미안하다. 그것도 방세나 여일하게 내었을 제 말이지 얼굴 대하기를 이편에서 피하는 판에 차마 못할 일이다. 물지게 장수의 삐득거리는 소리가 들리나 하고 귀를 기울였으나 감감히 소리가 없다.

목은 더욱더욱 말라 들어온다. 입술이 바싹 마르고 입 안이 침기가 없고 목구멍이 바삭바삭 소리가 날 듯이 마르고, 그리고는 창자 속까지 말라 내려가는 듯하다.

방금 미칠 듯하다.

눈앞에 용용하게 흘러가는 푸른 한강이 어릿어릿하고 쏴 쏟아지는 수통 꼭지가 보이는 듯하다.

P는 배고픈 고비는 겪어 보았으나 이다지 목마른 참은 당하기 처음이다.

배는 고프면 기운이 없이 착 가라앉을 뿐이었지만, 목이 극도로 마름에는 금시 미치고 후덕후덕 날뛸 것 같다.

일어나서 삼청동 꼭대기로 올라가면 산골짜기의 물도 있고, 또 우물도 있기는 하다. 그러나 이 어두운 밤에 어

디가 어디인지 보이지 아니할 테고, 또 우물에는 두레박도 없을 것이다.

겨우겨우 참아가며 몇 시간을 삐대었다. 실상 한 시간도 못 되는 동안이지만 P에게는 여러 시간인 듯만 싶었다.

그런 뒤에 겨우 물지게 소리를 듣고 그는 수통 있는 곳을 찾아 뛰어나갔다.

사정 이야기도 변변히 하지 아니하고 쏟아지는 수통 꼭지에 매달리어 한 동이는 되리만큼 냉수를 들이켰다. 물장수가 어이가 없어 물끄러미 치어다보고만 있다가 P의 끔벅하고 돌아서는 등뒤에다 혀를 끌끌 찬다.

밥보다도 더 다급하게 그립던 물을 실컷 들이켜고 나니 찌뿌드드하게 엉킨 듯 불쾌하던 취기도 적이 걷히고 정신이 말쑥하여졌다.

P는 새삼스레 양복을 벗어 던지고 다시 자리에 파묻혔다. 인제는 잠이 십 리나 달아나고 눈이 초랑초랑하여진다. 그러면서 어젯밤 일이 머리에 떠오른다.

그것은 마치 못 먹을 것을 먹은 것처럼 꺼림칙한 기억이다. 아무렇게나 씻어 넘겨 버리재도 그러나 머리 한구석에 박혀 가지고 사라지려 하지 아니하는 어룽(斑點)과 같다. 어떻게 해서라도 시원스러운 해석을 내리고 나야 마음이 놓일 것 같다.

정조 대가로 일금 이십 전을 부르는 여자…….

방금 세상에는 한 번 정조를 빼앗긴 것으로 목숨을 버려 자살하는 여자도 있다. 그러는 한편 '이십 전도 좋소' 하는 여자가 있다.

여자의 정조가 그것을 잃었다고 자살을 하도록 그다지도 고귀한 것이라면 '이십 전에라도 팔겠소' 하는 여자가 눈을 멀끔멀끔 뜨고 있는 사실은 무엇으로 설명할 것인가?

또 정조를 '이십 전에도 팔겠소' 하는 여자가 있도록 그것이 아무렇지도 아니한 것이라면, 그것을 한 번 빼앗긴 때문에 생명을 내버리는 여자가 있는 것은 무엇으로 설명할 것인가?

이 두 여자가 모두 건전한 양식의 소유자라고 볼 수는 없다.

그러나 그 가운데 나무라기로 들면 차라리 정조를 빼앗긴 것으로 자살한 여자를 나무랄 것이지 '이십 전에 팔겠소' 하는 여자는 나무랄 수가 없다.

열여섯 살부터 시작하여 이래 삼 년이나 색주가 집으로 굴러다니는 여자다.

언제 누구에게 귀떨어진 도덕관념이나 정당한 인생관을 얻어들은 적이 없을 것이다.

술잔을 들고 앉아 한 잔이라도 오는 손님에게 더 먹이어

한 푼어치라도 주인의 수입을 도와주면 칭찬이 오니 고만이다.

"고년 어여쁘다. 나하고 ××."

하고 손님이 말하면 그에 좇아 비록 조발(早發)일지언정 생리적 만족을 얻는 한편 그야말로 단돈 이십 전이라도 벌면 그만이다.

옆에서 그것을 시키기는 할지언정 그것이 나쁘다고 가르쳐 주는 사람이 있을 턱이 없는 것이다. 사실 일반 매춘부가 정조적으로 양심을 가진 듯이 보인다는 것은 그 대부분이 되레 한 가식(假飾)에 지나지 못하는 것이다.

그것은 그들에게 있어서 일종의 정당성을 가진 노동인 것이다. 그러나 그것을 보고 불쌍하다고 여기고 동정을 하는 것은 의문의 패은(佩恩)이나.

지금 세상은 정당한 성도덕(性道德)이 서 있는 때도 아니다.

그것은 한 세대(世代)에 여러 가지의 시대 사조가 얼크러져 있는 때문이다. 그러니까 여자의 정조에 대하여도 일률적으로 선악과 시비를 가릴 수는 없는 것이다.

하룻밤 몸값으로 '이십 전도 좋소' 하는 여자, 그에게는 다른 사람이 갖는 성도덕도 없고, 따라서 자신을 타락이래서 슬퍼하지도 아니한다. 그 여자 자신을 나무랄 필요도 없는 것이요 동정할 여지도 없는 것이다. 그 여자 자신은 결코 불쌍한 사람이 아니다.

예수의 사랑(?)도 아무리 그 사랑이 크고 넓다 했을지언정 그것은 '불쌍한 사람', '죄 지은 사람'에게 미칠 수 있는 것이다.

'불쌍하지 아니한', '죄 짓지 아니한' 동관의 색주가 계집애에게는 누구의 동정이나 사랑도 일없는 것이다.

"뭣? 관념적이라고?"

그렇다. 관념적이라고도 할 수 있다. 그러나 그것은 그 여자의 주관을 객관화한 것이다.

또 그 병적 현실에 메스를 대는 것은 집단의 역사적 문제이지만 '룸펜 인텔리'의 결백과 흥분쯤으로는 문제가 되지 아니한다.

다만 취객이 삼 원 각수를 던져 주었음으로 해서 그 여자는 감격 없는 기쁨을 맛보았을 뿐일 것이다.

'이게 웬 떡이냐…… 어제 저녁에 꿈이 괜찮더니 이런 땡을 잡을 양으로 그랬구나…… 웬 얼간망둥이냐.'

그 계집애는 응당 그렇게밖에는 더 생각되지 아니하였을 것이다. 그것이 결코 무리가 없는 당연한 일이다.

P는 여기까지 생각하고 입맛 쓴 고소를 띠었다.

"흥! 되지 못하게…… 장님이 눈병 앓는 사람더러 불쌍하다고 한 셈인가."

P는 돌아누우면서 혀를 끌끌 찼다.

9

일천구백삼십사년의 이 세상에도 기적이 있다.

그것은 P가 굶어 죽지 아니한 것이다. 그는 최근 일주일 동안 돈이 생긴 데가 없다. 잡힐 것도 없었고 어디서 벌이한 적도 없다. 그렇다고 남의 집 문 앞에 가서 밥 한 술 주시오 하고 구걸한 일도 없고, 남의 것을 훔치지도 아니하였다.

그러나 그 동안 굶어 죽지 아니하였다. 야위기는 하였지만 그래도 멀쩡하게 살아 있다.

P와 같은 인생이 이 세상에 하나도 없이 싹 치워진다면 근로하는 사람이 조금은 편해질지도 모른다. P가 소부르주아지 축에 끼이는 인텔리가 아니요 노동자였더라면 그 동안 거지가 되었거나 비상 수단을 썼을 것이다. 그러나 그에게는 그러한 용기도 없다. 그러면서도 죽지 아니하고 살아 있다. 그렇지만 죽기보다 더 귀찮은 일은 그를 잠시도 해방시켜 주지 아니한다.

그의 아들 창선이를 올려 보낸다고 어제 편지가 왔고,

오늘은 내일 아침에 경성역에 당도한다는 전보까지 왔다.

오정 때 전보를 받은 P는 갑자기 정신이 난 듯이 쩔쩔매고 돌아다니며 돈 마련을 하였다. 최소한도 이십 원은 …… 하고 돌아다닌 것이 석양 때 겨우 십오 원이 변통되었다.

종로에서 풍로니 냄비니 양재기니 숟갈이니 무어니 해서 살림 나부랭이를 간단하게 장만하여 가지고 올라오는 길에, 전에 잡지사에 있을 때 안 ××인쇄소의 문선과장을 찾아갔다.

월급도 일없고 다만 일만 가르쳐 주면 그만이니 어린아이 하나를 써 달라고 졸라댔다.

A라는 그 문선과장은 요리조리 칭탈을 하던 끝에 ── 그는 P가 누구 친한 사람의 집 어린애를 천거하는 줄 알았던 것이다.

"보통학교나 마쳤나요?"

하고 물었다.

"아, 아니오."

P는 솔직하게 대답하였다.

"나이 몇인데?"

"아홉 살."

"아홉 살?"

A는 놀라 반문을 하는 것이다.

"기왕 일을 배울 테면 아주 어려서부터 배워야지요."

"그래도 너무 어려서 원, 뉘집 애요?"

"내 자식놈이랍니다."

P는 그래도 약간 얼굴이 붉어짐을 깨달았다. A는 이 말에 가장 놀라운 듯이 입만 벌리고 한참이나 P를 물끄러미 바라다본다.

"왜? 내 자식이라고 공장에 못 보내란 법이 있답디까?"

"아니, 정말 그래요?"

"정말 아니고?"

"괜——히 실없는 소리…… 자제라고 해야 들어줄 테니까 그러시지?"

"아니, 그건 그렇잖아요. 내 자식놈이야."

"그럼 왜 공부를 시키잖구?"

"인쇄소 일 배우는 것도 공부지."

"그건 그렇지만 학교에 보내야지."

"학교에 보낼 처지가 못 되고 또 보냈댔자 사람 구실도 못할 테니까……."

"거참 모를 일이오. 우리 같은 놈은 이 짓을 해 가면서도 자식을 공부시키느라고 애를 쓰는데 되레 공부시킬 줄 아는 양반이 보통학교도 아니 마친 자제를 공장엘 보내요?"

"내가 학교 공부를 해 본 나머지 그게 못쓰겠으니까 자식은 딴 공부를 시키겠다는 것이지요."

"글쎄, 정 그러시다면 내가 자식 진배없이 잘 데리고 있으면서 일이나 착실히 가르쳐 드리리다마는…… 원, 너무 어린데 애처롭잖아요?"

"애처로운 거야 아비된 내가 더하지요만 그것이 제게는 약이니까……."

P는 당부와 치하를 하고 인쇄소를 나왔다. 한 짐 벗어 놓은 것같이 몸이 가뜬하고 마음이 느긋하였다. 그는 집으로 올라가는 길에 싸전에 쌀 한 말을 부탁하고 호배추도 몇 통 사들였다. 그렁저렁 오 원을 썼다.

십 원 남은 중에 주인 노인에게 육 원을 내주니 입이 귀 밑까지 째진다. 그 끝에 P가 사 온 호배추를 내주며 김치를 담가 달라고 하니 선선히 응낙한다. 그리고 자식을 데리고 자취를 하겠다니까 깍두기나 간장이나 된장 같은 것을 아까운 줄 모르고 날라다 주고 한다.

10

이튿날 전에 없이 첫새벽에 일어난 P는 서투른 솜씨로 화롯밥을 지어 놓고 정거장으로 나갔다.

그의 형에게서 온 편지에 S라는 고향 사람이 서울 올라오는 길에 따라 보낸다고 했으니까 P는 창선이보다도 더 낯이 익은 S를 찾았다.

과연 차가 식식거리고 들어서매 인간을 뱉어 내놓는 찻간에서 S가 창선이를 데리고 두리번거리며 내려왔다.

어디서 생겼는지 새까만 고쿠라 양복을 입고 이화표 붙은 학생모자를 쓰고, 거기다가 보따리를 하나 지고 무엇 꾸린 것을 손에 들고 차에서 내리는 어린아이……. 저게 내 자식이니라 생각하니 P는 어쩐지 속으로 얼굴이 붉어지며 한편 가엾기도 하였다.

S가 두 손에 짐을 가득 들고 두리번거리다가 가까이 온 P를 보고 반겨 소리를 지른다. 창선이가 모자를 벗고 학교 식으로 경례를 한다.

얼굴은 너덧 살 적에 보던 것보다 더한층 저의 외가를 닮았다. P는 그것이 몹시 불만하였다.

"그새 재미나 좋았나?"

S의 하는 첫인사다.

"뭘 그저 그렇지…… 괜한 산 짐을 지고 오느라고 애썼네."

P는 이렇게 인사 겸 치하를 하였다.

"원 천만에…… 그애가 나이는 어려도 어떻게 속이 찼

는지…… 너, 늬 아버지 알아보겠니?"

S는 창선이를 돌아보며 웃는다. 창선이는 고개를 숙이고 수줍은지 아무 대답도 아니한다.

P는 S와 창선이를 데리고 구름다리로 올라왔다.

"저의 외할머니가 저 양복이야 떡이야 모두 해 가지고 자네 댁에까지 오셨더라네…… 오셔서 어제 떠나는데 정거장까지 나오셨는데 여러 가지 신신 당부를 하시데…… 자네에게 전하라고."

S는 P가 그다지 듣고 싶지도 아니한 이야기를 뒤따라오며 늘어놓는다. 그의 가슴에는 옛날의 반감이 솟쳐 올랐다.

"별걱정 다 하던 게로군…… 내 자식 내가 어련히 할까 봐 쫓아다니면서 그래……."

"그래도 노인들이야 어디 그런가…… 객지에서 혼자 있는데 데리고 있기 정 불편하거든 당신께로 도로 보내게 하라고 그러시데……."

"그 집에 내 자식이 무슨 상관이 있어서 보내라는 거야? 보낼 테면 그때 데려왔을라구……."

P는 그것이 모두 그와 갈린 아내의 조종인 줄 알기 때문에 더구나 심청이 났다. 화가 나는 대로 하면 어린아이가 입고 온 양복도 벗겨 내던지고도 싶었으나 꿀꺽 참았다.

11

일찍 맛보지 못한 새 살림을 P는 시작하였다.

창선이가 도착한 날 밤.

창선이는 아랫목에서 색색 잠을 자고 있다. 외롭게 꿈을 꾸고 있으려니 생각하매 전에 없던 애정이 솟아오르는 듯하였다.

이튿날 아침 일찍 창선이를 데리고 ××인쇄소에 가서 A에게 맡기고 안 내키는 발길을 돌이켜 나오는 P는 혼자 중얼거렸다.

"'레디메이드' 인생이 비로소 임자를 만나 팔리었구나."

치숙(痴叔)

치 숙
(痴叔)

　우리 아저씨 말이지요, 아따, 저 거시기, 한참 당년에
무엇이냐 그놈의 것, 사회주의라더냐, 막걸리라더냐, 그걸
하다 징역 살고 나와서 폐병으로 시방 앓고 누웠는 우리
오촌 고모부 그 양반…….

　뭐, 말두 마시오. 대체 사람이 어쩌면 글쎄…… 내 원!

　신세 간 데 없지요.

　자, 십 년 적공(積功), 대학교까지 공부한 것 풀어 먹지
도 못했지요, 좋은 청춘 어영부영 다 보냈지요, 신분(身
分)에는 전과자(前科者)라는 붉은 도장 찍혔지요, 몸에는
몹쓸 병까지 들었지요, 이 신세를 해 가지굴랑은 굴속 같

은 오두막집 단칸 셋방 구석에서 사시장철 밤이나 낮이나 눈 따악 감고 드러누웠군요.

재산이 어디 집 터전인들 있을 턱이 있나요. 서발 막대 내저어야 짚검불 하나 걸리는 것 없는 철빈(鐵貧)인데.

우리 아주머니가, 그래도 그 아주머니가 어질고 얌전해서 그 알뜰한 남편 양반 받드느라 삯바느질이야, 남의 집 품빨래야, 화장품 장사야, 그 칙살스런 벌이를 해다가 겨우겨우 목구멍 풀칠을 하지요.

어디로 대나 그 양반은 죽는 게 두루 좋은 일인데 죽지도 아니해요.

우리 아주머니가 불쌍해요. 아, 진작 한 나이라도 젊어서 팔자를 고치는 게 아니라, 무슨 놈의 수난 후분을 바라고 있다가 고생을 하는지.

근 이십 년 소박을 당했지요. 이십 년을 젊은 청춘 한숨으로 보내고서 다아 늦게야 송장 여대치게 생긴 그 양반을 그래도 남편이라고 모셔다가는 병 수종 들랴, 먹고 살랴, 애가 진하고 다니는 걸 보면 참말 가엾어요.

그게 무슨 죄다짐이람? 팔자, 팔자 하지만 왜 팔자를 고치지 못하고서 그래요. 죄선〔朝鮮〕 구식 부인네들은 다아 문명을 못하고 깨지를 못해서 그러지.

그 양반이 한시바삐 죽기나 했으면 우리 아주머니는 차

라리 신세 편하리다.

심덕 좋겄다, 솜씨 얌전하겄다, 하니 어디 가선들 제가 일신 못 가누고 편안히 못 지내요? 가만 있자, 열여섯 살에 아저씨네 집으로 시집을 갔다니깐 그게 내가 세 살 적이니 꼬박 열여덟 해로군. 열여덟 해면 이십 년 아니오.

그때 우리 아저씨 양반은 나이 어리기도 했지만 공부를 한답시고 서울로, 동경으로 십여 년이나 돌아다녔고, 조금 자라서 색시 재미를 알 만하니까 누가 예쁘달까 봐 이혼하자고 아주머니를 친정으로 쫓고는 통히 불고를 하고…….

공부를 다 마치고 오더니만 그 담에는 그놈의 짓에 들입다 발광해 다니면서 명색 학생 출신이라는 딴 여편네를 얻어 살았지요. 그 여편네는 나도 몇 번 보았지만 상판때기라고 별반 출 수도 없이 생겼습디다. 그 인물로 남의 첩이야. 일색 소박은 있어도 박색 소박은 없다더니, 사실 소박맞은 우리 아주머니가 그 여편네에다 대면 월등 예뻤다우.

그래 그 뒤에 그 양반은 필경 붙들려 가서 오 년이나 전중이를 살았지요. 그 동안에 아주머니는 시집이고 친정이고 모두 폭 망해서 의지가지 없이 됐지요.

그러니 어떻게 해요? 자칫하면 굶어 죽을 판인데.

할 수 없이 얻어먹고 살기도 해야 하려니와 또 아저씨 나오는 것도 기다려야 한다고 나를 발련삼아 서울로 올라

왔더군요. 그게 그러니까 아저씨가 나오던 전 해로군.

그때 내가 나이는 어려도 두루 날뛴 보람이 있어서 이내 구라다상네 식모로 들어갔지요.

그 무렵에 참 내가 아주머니더러 여러 번 권면을 했지요. 그러지 말고 개가(改嫁)를 가라고. 글쎄, 어린 소견에도 보기에 퍽 딱하고 민망합디다.

계제에 마침 또 좋은 자리가 있었고요. 미네상이라고 미스코시 앞에서 바나나 다다키우리(投賣)를 하는 인데 사람이 퍽 좋아요.

우리 집 다이쇼(主人)도 잘 알고 하는데, 그이가 늘 나더러 죄선 오깜상하고 살았으면 좋겠다고, 중매 서 달라고 그래쌓어요.

돈은 모아 둔 게 없어도 다아 벌어 먹고 살 만하니까 그런 사람 만나서 살면 아주머니도 신세 편할 게 아니냐구요.

그런 걸 글쎄 몇 번 말해도 숭헌 소리 말라고 듣덜 않는 걸 어떡허나요.

아무튼 그런 것 말고라도 참, 흰말이 아니라 이날 이때까지 내가 그 아주머니 뒤도 많이 보아 주었다우. 또 나도 그럴 만한 은공이 없잖아 있구요.

내가 일곱 살에 부모를 잃었지요. 그리고 나서 의탁할

곳이 없이 됐는데 그때 마침 소박을 맞고 친정살이를 하는 그 아주머니가 나를 데려다가 길러 주었지요.

그때만 해도 그 집이 그다지 군색하게 지내든 안했으니깐요. 아주머니도 아주머니지만 종조할머니며 할아버지도 슬하에 딴 자손이 없어서 나를 퍽 귀여워하셨지요.

열두 살까지 그 집에서 자랐군요.

사 년이나마 보통학교도 다녔고.

아마 모르면 몰라도 그 집안이 그렇게 치패(致敗)하지만 안했으면 나도 그냥 붙어 있어서 시방쯤은 전문학교까지는 다녔으리다.

이런 은공이 있으니까 나도 그걸 저버리지 않고, 그래서 내 깜냥에는 갚을 만큼 갚느라고 갚은 셈이지요.

하기야 요새도 간혹 아주머니가 찾아와서 양식 없다는 사정을 더러 하곤 하는데 실토 정말이지 좀 성가시기는 해요.

그러는 족족 그 수응을 하자면 내 일을 못하겠는걸. 그래 대개 잘라 떼기는 하지요.

그렇지만 그 밖에, 가령 양 명절 때면 고깃근이라도 사 보낸다든지, 또 오면가면 이야기 낱이라도 한다든지 그런 걸 결단코 범연히 하든 않으니까요.

아무튼 그래서, 아주머니는 꼬박 일 년 동안 구라다상네 집 오마니로 있으면서 월급 오 원씩 받는 걸 그래도 고스란히 저금을 하고, 또 틈틈이 삯바느질을 맡아다가 조금씩 벌어 보태고, 또 나올 무렵에 구라다상네 양주(兩主)가 퍽 기특하다고 돈 칠 원을 상급(賞給)으로 주고, 그런 게 이럭저럭 돈 백 원이나 존존히 됐지요.

그 돈으로 방 한 칸 얻고 살림 나부렝이도 조금 장만하고, 그래 놓고서 마침 그 알량꼴량한 서방님이 뇌어 나오니까 그리로 모셔 들였지요.

뇌어 나오는 날, 나도 가서 보았지만 감옥소 문 앞에 막 나서자 아주머니가 기다리고 있으니까 그래도 눈물이 핑! 돌던데요.

전에 그렇게도 죽을 둥 살 둥 모르고 좋아하던 첩년은 꼴도 안 뵈구요, 남의 첩년이란 건 다아 그런 거지요, 뭐.

우리 아저씨 양반은 혹시 그 여편네가 오지 않았나 하고 사방을 휘휘 둘러보던데요. 속이 그렇게 없다니까. 여편네는커녕 아주머니하구 나하구 그 외는 어리친 개새끼 한 마리 없더라.

그래 마악 자동차에 올라타려다가 피를 토했지요. 나중에 들었지만 감옥소 안에서 달포 전부터 토혈을 했다나 봐요.

그래 다아 죽어가는 반송장을 업어 오다시피 해다가 뉘

어 놓고, 그날부터 아주머니는 불철주야로 할 짓 못할 짓다 해 가면서 부수대고 날뛴 덕에 병도 차차로 차도가 있고, 그러더니 인제는 완구히 살아는 났지요. 뭐 참, 시방은 용꼴인걸요, 용꼴.

부인네 정성이 무서운 겝다.

꼬박 삼 년이군. 나 같으면 돌아가신 부모가 살아 오신대도 그 짓 못해요.

자, 그러니 말이지요. 우리 아저씨라는 양반이 작히나 양심이 있고 다아 그럴 양이면, 어어허, 내가 어서 바삐 몸이 충실해져서 어서 바삐 돈을 벌어다가, 저 아내를 편안히 거느리고 이 은공과 전날의 죄를 갚아야 하겠구나 …… 이런 맘을 먹어야 할 게 아니냐요?

아주머니의 은공을 갚자면 발에 흙이 묻을세라 업고 다녀도 참 못다 갚지요.

그러고저러고간에 자기도 인제는 속 차려야지요. 하기야 속을 차려서 무얼 하재도 전과자이니까 관리나 또 회사 같은 데는 들어가지 못하겠지만 그야 자기가 저지른 일인걸 누구를 원망할 일도 아니고, 그러니 막 벗어붙이고 노동이라도 해야지요.

대학교 출신이 막벌이 노동이라니까 꼴 가관이지만 그래도 할 수 없지, 뭐.

그런 걸 보고 가만히 나를 생각하면, 만약 우리 종조할아버지네 집안이 그렇게 치패를 안해서 나도 전문학교나 대학교를 졸업을 했으면 혹시 우리 아저씨 모양이 됐을지도 모를 테니 차라리 공부 많이 않고서 이 길로 들어선 게 다행이다…… 이런 생각이 들어요.

사실 우리 아저씨 양반은 대학교까지 졸업하고도 인제는 기껏 해먹을 거란 막벌이 노동밖에 없는데, 요 보통학교 사 년 겨우 다니고서도 시방 앞길이 환히 트인 내게다 대면 고스가이[小使]만도 못하지요.

아, 그런데 글쎄 막벌이 노동을 하고 어쩌고 하기는커녕 조끔 바시시 살아날 만하니까 이 주책꾸러기 양반이 무슨 맘보를 먹는고 하니, 내 참 기가 막혀!

아아니, 그놈의 것하고는 무슨 대천지 원수가 졌단 말인지, 어쨌다고 그걸 끝끝내 하지 못해서 그 발광인고?

그러나마 그게 밥이 생기는 노릇이란 말인지? 명예를 얻는 노릇이란 말인지, 필경은 붙잡혀 가서 징역 사는 노름?

아마 그놈의 것이 아편하고 꼭 같은가 봐요. 그렇길래 한번 맛을 들이면 끊지를 못하지요.

그렇지만 실상 알고 보면 그게 그다지 재미가 난다거나 맛이 있다거나 그런 것도 아니더군 그래요. 불한당 패던데요. 하릴없이 불한당 팹디다.

저어 서양 어디선가, 일하기 싫어하는 게으름뱅이 몇 놈이 양지 쪽에 모여 앉아서 놀고 먹을 궁리를 했더라나요. 우리 집 다이쇼가 다아 자상하게 이야기를 해 줍디다.

게, 그 녀석들이 서로 구론을 하기를, 자, 이 세상에는 부자가 있고 가난한 사람이 있고 하니 그건 도무지 공평한 일이 아니다. 사람이란 건 이목구비하며 사지육신을 똑같이 타고났는데 누구는 부자로 잘살고 누구는 가난하다니 그게 될 말이냐. 그러니 부자가 가진 것을 우리 가난한 사람들하고 다같이 고르게 나눠 먹어야 경우가 옳다.

야아, 그거 옳은 말이다. 야! 그 말 좋다. 자, 나눠 먹자.

아, 이렇게 설도를 해 가지고 우우하니 들고일어났다는군요.

아아니, 그러니 그게 생날불한당 놈의 짓이 아니고 무어요?

사람이란 것은 제가끔 분지복이 있어서 기수(氣數)를 잘 타고나든지 부지런하면 부자가 되는 법이요, 복록을 못 타고나든지 게으른 놈은 가난하게 사는 법이요, 다아 이렇게 마련인데 그거야말로 공평한 천리인 것을 됩데 불공평하다니께 될 말이오? 그리구서 억지로 남의 것을 뺏어 먹자고 들다니 그놈들이 불한당이지 무어요.

짓이 불한당 짓일 뿐만 아니라, 또 만약에 그러기로 들면 게으른 놈은 점점 더 게으름만 부리고 쫓아다니면서 부자 사람네가 가진 것만 뺏어 먹을 테니 이 세상은 통으로 도적놈의 판이 될 게 아니오? 그나마 부자 사람네가 모아 둔 걸 다아 뺏기고 더는 못 먹어내는 날이면 그때는 이 세상 망하는 날이 아니오?

저마다 남이 농사 지어 놓으면 그걸 뺏어 먹으려고 일 않고 번둥번둥 놀 것이고, 남이 옷감 짜 놓으면 그걸 뺏어다가 입으려고 번둥번둥 놀 것이고 그럴 테니, 대체 곡식이며 옷감이며 그런 것이 다아 어디서 나올 데가 있어야지요. 세상 망할밖에!

글쎄 그놈의 짓이 그렇게 세상 망쳐 놓을 장본인인 줄은 모르고서 가난한 놈들——그중에도 일하기 싫은 게으름뱅이들이 위선(爲先) 당장 부잣집 사람네 것을 뺏어 먹는다니까 거기 혹해 가지굴랑 너두 나두 와아하니 참섭(參涉)을 했다는구려.

바로 저 아라사가 그랬대요.

그래서 아니나 다를까 농군들이 곡식을 안 만들기 때문에 사람이 수만 명씩 굶어 죽는다는구려. 빠안한 이치지 뭐.

위선 먹기는 곶감이 달다고 그 지랄들을 했다가 잘코사

치숙   81

니야!

아, 그런데 그 못된 놈의 풍습이 삽시간에 동서양 각국 안 간 데 없이 퍼져 가지굴랑 한동안 내지에도 마구 굉장히 드세게 돌아다녔고, 내지가 그러니까 멋도 모르는 죄선 영감상들도 덩달아서 그 숭내를 냈다나요.

그렇지만 시방은 그새 나라에서 엄하게 밝히고 금하고 한 덕에 많이 머츰해졌고, 그런 마음 먹는 사람은 별반 없다나 봐요.

그럴 게지, 글쎄. 아, 해서 좋을 양이면야 나라에선들 왜 금하며 무슨 원수가 졌다고 붙잡다가 징역을 살리나요.

좋고 유익한 것이면 나라에서 도리어 장려하고, 잘할라치면 상급도 주고 그러잖아요.

활동사진이며 스모며 만자이며 또 왓쇼왓쇼랄지 세이레이낭아시랄지 라디오 체조랄지 이런 건 다아 유익한 일이니까 나라에서 설도도 하고 그러잖아요.

나라라는 게 무언데? 그런 걸 다아 잘 분간해서 이럴 건 이러고 저럴 건 저러라고 지시하고, 그 덕에 백성들을 제가끔 제 분수대로 편안히 살도록 애써 주는 게 나라 아니오?

그놈의 것 사회주의만 하더라도 나라에서 금하들 않고 저희가 하는 대로 두어 두었어 보아? 시방쯤 세상이 무엇이 됐을지……. 다른 사람들도 낭패 본 사람이 많았겠지만 위선 나만 하더라도 글쎄, 어쩔 뻔했어! 아무 일도 다 틀리고 뒤죽박죽이지.

내 이상과 계획은 이렇거든요.

우리 집 다이쇼가 나를 자별히 귀여워하고 신용을 하니깐 인제 한 십 년만 더 있으면 한밑천 들여서 따로 장사를 시켜 줄 눈치거든요.

그렇거들랑 그것을 언덕삼아 가지고 나는 삼십 년 동안 예순 살 환갑까지만 장사를 해서 꼭 십만 원을 모을 작정이지요. 십만 원이면 죄선 부자로 쳐도 천석꾼이니 뭐, 떵떵거리구 살 게 아니냐구요.

그리고 우리 다이쇼도 한 말이 있고 하니까 나는 내지인 규수한테로 장가를 들래요. 다이쇼가 다아 알아서 얌전한 자리를 골라 중매까지 서 준다고 그랬어요. 내지 여자가 참 좋지요.

나는 죄선 여자는 거저 주어도 싫어요.

구식 여자는 얌전은 해도 무식해서 내지인하구 교제하는 데 안됐고, 신식 여자는 식자나 들었다는 게 건방져서 못쓰고, 도무지 그래서 죄선 여자는 신식이고 구식이고 다아 제에발이야요.

내지 여자가 참 좋지 뭐. 인물이 개개 일자로 예쁘것다,

얌전하것다, 상냥하것다, 지식이 있어도 건방지지 않것다, 조음이나 좋아!

그리고 내지 여자한테 장가만 드는 게 아니라 성명도 내지인 성명으로 갈고, 집도 내지인 집에서 살고, 옷도 내지 옷을 입고, 밥도 내지식으로 먹고, 아이들도 내지인 이름을 지어서 내지인 학교에 보내고…….

내지인 학교라야지 죄선 학교는 너절해서 아이들 버려 놓기가 꼭 알맞지요.

그리고 나도 죄선말은 싹 걷어치우고 국어만 쓰고요.

이렇게 다아 생활 법식부텀도 내지인처럼 해야만 돈도 내지인처럼 잘 모으게 되거든요.

내 이상이며 계획은 이래서 이십만 원짜리 큰 부자가 바루 내다뵈고 그리루 난 길이 환하게 트이고 해서 나는 시방 열심으로 길을 가고 있는데, 글쎄 그 미쳐 살기 든 놈들이 세상 망쳐 버릴 사회주의를 하려 드니 내가 소름이 끼칠 게 아니냐구요? 말만 들어도 끔찍하지!

세상이 망해서 뒤집히면 그래 나는 어쩌란 말인구? 아무것도 다아 허사가 될 테니 그런 억울할 데가 있더람?

뭐 참 우리 집 다이쇼 말이 일일이 지당해요.

어느 절도나 강도나 사기나 그런 죄는 도적이면 도적을 해 가는 그 당장, 그 돈만 축을 내니까 오히려 죄가 가볍

지만, 그놈의 것 사회주의인지 지랄인지는 온 세상을 뒤죽
박죽을 만들어 놓고 나라를 통째로 소란하게 하니까 도저
히 용서할 수가 없대요.

용서라니! 나 같으면 그런 놈들은 모조리 쓸어다가 마구
그저 그냥…….

그런 일을 생각하면 털어놓고 말이지 우리 아저씬가 그
양반도 여간 불측스레 뵐 않아요. 사실 아주머니만 아니
면 내가 무슨 천주학이라고 나쁜 병까지 앓는 그 양반을
찾아다니나요. 죽는대도 코도 안 풀어 붙일걸. 그러나마
전자의 죄상을 다아 회개를 하고 못된 마음을 씻어 버렸을
제 말이지, 뭐 흰 개꼬리 삼 년이라더냐, 종시 그 모양인
걸요.

그러니간 그가 밉살머리스러워서, 더러 들렀다가 혹시
마주 앉아도 위정(일부러) 뼈끝 저린 소리나 내쏘아 주고
말을 다잡아 가지굴랑 꼼짝 못하게시리 몰아세우곤 하지
요.

저번에도 한 번 혼을 단단히 내주었지요. 아, 그랬더니 아
주머니더러 한다는 소리가, 그 녀석 사람 버렸더라고, 아무
짝에도 못쓰게 길이 들었더라고 그러더라나요.

내 원, 그 소리를 듣고 하두 어처구니가 없어서!

대체 사람도 유만부동(類萬不同)이지 그 아저씨가 나더

러 사람 버렸느니 아무짝에도 못쓰게 길이 들었느니 하더
라니, 원 입이 몇 개나 되면 그런 소리가 나오는 구멍도 있
누? 죄선 벙어리가 다아 말을 해도 나 같으면 할말 없겠더
구먼서두, 하면 다아 말인 줄 아나 봐?

이를테면 그게 명색 훈계 비슷한 것이렷다. 내게다가 맞
대놓고 그런 소리를 하다가는 되잡혀서 혼이 날 테니까 슬
며시 아주머니더러 이르란 요량이던 게지?

기가 막혀서…… 하느님이 사람의 콧구멍 두 개로 마
련하기 참 다행이야.

글쎄, 아무려면 내가 자기처럼 다아 공부는 못하고 남의
집 고조 노릇으로 반또〔番頭〕 노릇으로 이렇게 굴러먹을
값에 이래 보여도 표창을 두 번이나 받은 모범 점원이요,
남들이 똑똑하고 재주있고 얌전하다고 칭찬이 놀랍고 앞길
이 환히 트인 유망한 청년인데, 그래 자기 눈에는 내가 버
린 놈이고 아무짝에도 못 쓰게 길이 든 놈으로 보였단 말
이지?

하하, 오옳지! 거참 그렇겠군. 자기는 자기 하는 짓이
옳으니까 나의 하는 짓은 다아 글렀단 말이렷다. 그러니까
나도 자기처럼 그놈의 것 사회주의인지 급살맞을 것인지나
하다가 징역이나 살고 전과자나 되고 폐병이나 앓고 다아
그랬더라면 사람 버리지도 않고 아무짝에도 못 쓰게 길든

놈도 아니고 그럴 뻔했군 그래!

흥! 참…… 제 밑 구린 줄 모르고서 남더러 어쩌구저쩌구 한다는 게 꼭 우리 아저씨 그 양반을 두고 이른 말인가봐.

그날도 실상 이랬더라우. 혼을 내주었더니 아주머니더러 그런 소리를 하더란 그날 말이오. 그날이 마침 내가 쉬는 날이길래 아주머니더러 할 이야기가 있고 해서 아침결에 좀 들렀더니, 아주머니는 남의 혼인집으로 바느질을 해주러 갔다고 없고 아저씨 양반만 여전히 아랫목에 가서 드러누웠어요.

그런데 보니깐 어디서 모두 뒤져 냈는지 머리맡에다가 헌 언문 잡지를 수북이 쌓아 놓고는 그걸 뒤져요.

그래 나도 심심삼아 한 권 집어들고 떠들어 보았더니 뭐 읽을 맛이 나야지요. 대체 죄선 사람들은 잡지 하나를 해도 어찌 모두 그 꼬락서니로 해 놓는지.

사진도 없지요, 망가〔漫畵〕도 없지요. 그리고는 맨판 까달시런(까다로운) 한문 글자로다가 처박아 놓으니 그걸 누구더러 보란 말인고? 더구나 우리 같은 놈은 언문도 그런대로 뜯어보기는 보아도 읽기에 여간만 폐롭지가(성가시고 귀찮지가) 않아요.

그러니 어려운 언문하고 까다로운 한문하고를 섞어서

쓴 글은 뜻을 몰라 못 보지요. 언문으로만 쓴 것은 소설 나부랭이인데 읽기가 힘이 들 뿐 아니라 또 죄선 사람이 쓴 소설이란 건 재미가 있어야죠. 나는 죄선 신문이나 죄선 잡지하고는 담 쌓고 남 된 지 오랜걸요.

잡지야 뭐 '킹구'나 '쇼넹구라부' 덮어 먹을 잡지가 있나요. 참 좋아요. 한문 글자마다 가나를 달아 놓았으니 어떤 대문을 척 펴 들어도 술술 내리읽고 뜻을 훵하니 알 수가 있지요. 그리고 어떤 대문을 읽어도 유익한 교훈이나 재미나는 소설이지요.

소설 참 재미있어요. 그중에도 기쿠지 캉〔菊池寬〕 소설……. 어쩌면 그렇게도 아기자기하고도 달콤하고도 재미가 있는지. 그리고 요시가와 에이지〔古川英治〕, 그의 소설은 진찌바라바라하는 지다이모노〔時代物〕인데 마구 어깻바람이 나구요.

소설이 모두 그렇게 재미가 있지요, 망가가 많지요, 사진이 많지요. 그리고도 값은 조음 헐하나요. 십오 전이면 바로 고 전달치를 사 볼 수 있고 보고 나서는 오 전에 도로 파는데요.

잡지도 기왕 하려거든 그렇게나 해야지 죄선 사람들은 제엔장 큰소리는 곧잘 하더구먼서도 잡지 하나 반반한 거 못 만들어 내니!

그날도 글쎄 잡지가 그 꼴이라 아예 글을 볼 멋도 없고 해서 혹시 망가나 사진이라도 있을까 하고 책장을 후루루 넹기노라니간 마침 아저씨 이름이 있겠다요. 하두 신통해서 쓰윽 펴 들고 보았더니 제목이 첫 줄은 경제, 사회…… 무엇 어쩌구 잔 주를 달아 놨겠지요.

그것만 보아도 벌써 그럴 듯해요. 경제는 아저씨가 대학교에서 경제를 배웠다니까 경제 속은 잘 알 것이고, 또 사회는, 그것 역시 사회주의를 했으니까 그 속도 잘 알 것이고, 그러니까 경제하고 사회주의하고 어떻게 서로 관계가 되는 것이며 어느 편이 옳다는 것이며 그런 소리를 썼을 게 분명해요.

뭐, 보나 안 보나 빠안하지요. 대학교까지 가설랑 경제를 배우고도 돈 모을 생각은 않고서 사회주의만 하고 다닌 양반이라 경제가 그르고 사회주의가 옳다고 우겨댔을 게니깐요.

아무렇든 아저씨가 쓴 글이라는 게 신기해서 좀 보아 볼 양으로 쓰윽 훑어봤지요. 그러나 웬걸 읽어먹을 재주가 있나요. 글자는 아주 어려운 자만 아니면 대강 알기는 알겠는데 붙여 보아야 대체 무슨 뜻인지를 알 수가 있어야지요.

속이 상하길래 읽어 보자던 건 작파하고서 아저씨를 좀

다잡고 몰아세울 양으로 그 대목을 차악 펴 놨지요.

"아저씨?"

"왜 그러니?"

"아저씨가 여기다가 경제 무어라구 쓰구, 또 사회 무어
라구 썼는데, 그러면 그게 경제를 하란 뜻이오, 사회주의
를 하란 뜻이오?"

"뭐?"

못 알아듣고 뚜렷뚜렷해요. 자기가 쓰고도 오래 돼서 다
아 잊어버렸거나 혹시 내가 말을 너무 까다롭게 내기 때문
에 섬뻑 대답이 안 나왔거나 그랬겠지요. 그래 다시 조곤
조곤 따졌지요.

"아저씨! 경제라 껏은 돈 모아서 부자 되라는 거 아니
오. 그런데 사회주의라 껏은 모아 둔 부자 사람의 돈을 뺏
어 쓰는 거 아니오?"

"이애가 시방!"

"아아니, 들어 보세요."

"너, 그런 경제학, 그런 사회주의 어디서 배웠니?"

"배우나마나, 경제라 껀 돈 많이 벌어서 애껴 쓰구 나머
지 모아 두는 게 경제 아니오?"

"그건 보통 경제한다는 뜻으로 쓰는 경제고, 경제학이니
경제적이니 하는 건 또 다르다."

"다른 게 무어요? 경제는 돈 모으는 것이고, 그러니까 경제학이면 돈 모으는 학문이지요."

"아니란다. 혹시 이재학(理財學)이라면 돈 모으는 학문이라고 해도 근리(近理)할지 모르지만 경제학은 그런 게 아니란다."

"아아니 그렇다면 아저씨, 대학교 잘못 다녔소. 경제 못하는 경제학 공부를 오 년이나 했으니 그저 무어란 말이오? 아저씨가 대학교까지 다니면서 경제 공부를 하구두 왜 돈을 못 모으나 했더니 이제 보니깐 공부를 잘 못해서 그랬군요!"

"공부를 잘 못했다? 허허, 그랬을는지도 모르겠다. 옳다, 네 말이 옳아!"

이거 봐요, 글쎄. 단박 꼼짝 못하잖나. 암만 대학교를 다니고 속에는 육조를 배포했어도 그렇다니깐, 글쎄…….

"아저씨?"

"왜 그러니?"

"그러면 아저씨는 대학교를 다니면서 돈 모아 부자 되는 경제 공부를 한 게 아니라 모아 둔 부자 사람네 돈 뺏어 쓰는 사회주의 공부를 했으니 말이지요……."

"너는 사회주의가 무얼로 알고서 그러냐?"

"내가 그까짓 걸 몰라요?"

한바탕 주욱 설명을 했지요. 내 얼굴만 물끄러미 올려다
보고 누웠더니 피쓱 한 번 웃어요. 그리고는 그 양반이 하
는 소리겠다요.

"그게 사회주의냐? 불한당이지."

"아아니, 그럼 아저씨두 사회주의가 불한당인 줄은 아시
는구려?"

"내가 어째 사회주의가 불한당이랬니?"

"방금 그러잖았어요?"

"글쎄, 그건 사회주의가 아니라 불한당이란 그 말이다."

"거 보시우! 사회주의란 것은 그렇게 날불한당이에요.
아저씨두 그렇다구 하면서 아니시래요?"

"이애가 시방 입심 겨룸을 하재나?"

이거 봐요, 또 꼼짝 못하지요? 다아 이래요, 글쎄…….

"아저씨?"

"왜 그러니?"

"아저씨두 맘 달리 잡수시오."

"건 어떻게 하는 말이야?"

"걱정 안 되시우?"

"나 같은 사람이 걱정이 무슨 걱정이냐? 나는 네가 걱정
이더라."

"나는 뭐 버젓하게 요량이 있는걸요."

"어떻게?"

"이만저만한가요!"

또 한바탕 주욱 설명을 했지요. 이야기를 다아 듣더니 그 양반 한다는 소리 좀 보아요.

"너두 딱한 사람이다!"

"왜요?"

"……."

"아아니, 어째서 딱하다구 그러시우?"

"……."

"네? 아저씨."

"……."

"아저씨?"

"왜 그래?"

"내가 딱하다구 그러셨지요?"

"아니다, 나 혼자 한 말이다."

"그래두……."

"이애!"

"네?"

"사람이란 것은 누구를 물론허구 말이다, 아첨하는 것같이 더러운 게 없느니라."

"아첨이오?"

"저…… 위로는 제왕, 밑으로는 걸인, 그 모든 사람이 위선 시방 이 제도의 이 세상에서 말이다, 제가끔 제 분수대로 살아가는 데 있어서 말이다, 제 개성을 속여 가면서 꺼정 생활에다가 아첨하는 것같이 더러운 것이 없고, 그런 사람같이 가련한 사람은 없느니라. 사람이라 껀 밥 두 그릇이 하필 밥 한 그릇보다 더 배가 부른 건 아니니까."

"그건 무슨 뜻인데요?"

"네가 일본인 여자와 결혼을 해서 성명까지 갈고 모든 생활 법도를 일본화하겠다는 것이 말이다."

"네, 그게 좋잖아요?"

"그것이 말이다, 진실로 깊은 교양이나 어진 지혜의 판단에서 우러나온 것이라면 그도 모를 노릇이겠지. 그렇지만 나는 보매 네가 그런다는 것은 다른 뜻으로 그러는 것 같다."

"다른 뜻이라니오?"

"네 주인의 비위를 맞추고 이웃의 비위를 맞추고 하자고……."

"그야 물론이지요! 다이쇼의 신용을 받아야 하고 이웃 내지인들하구두 좋게 지내야지요. 그래야 할 게 아니겠어요?"

"……."

"아저씨는 아직두 세상 물정을 모르시오. 나이는 나보담 많구 대학교 공부까지 했어도 일찌감치 고생살이를 한 나만큼 세상 물정은 모릅니다. 시방이 어느 세상인데 그러시우?"

"이애!"

"네?"

"네가 방금 세상 물정이랬지?"

"네."

"앞길이 환하게 틔었다고 그랬지?"

"네."

"환갑까지 십만 원 모은다구 그랬지?"

"네."

"네가 말하려는 세상 물정하구 내가 말하려는 세상 물정하구 내용이 다르기도 하지만 세상 물정이란 건 그야말로 그리 만만한 게 아니다."

"네."

"사람이라 껀 제아무리 날고 뛰어도 이 세상에 형적 없이, 그러나 세차게 주욱 흘러가는 힘 ── 그게 말하자면 세상 물정이겠는데 ── 결국 그것의 지배하에서 그것을 따라가지, 별수가 없는 거다."

"네?"

"쉽게 말하면 계획이나 기회를 아무리 억지로 만들어 놓아도 결과가 뜻대로는 안 된단 말이다."

"젠장, 아저씨두…… 요전 '킹구'라는 잡지에두 보니까, 나폴레옹이라는 서양 영웅이 그랬답디다. 기회는 제가 만든다구, 그리고 불가능이란 말은 바보의 사전에서나 찾을 글자라구요. 아, 자꾸자꾸 계획하구 기회를 만들구 해서 분투 노력해 나가면 이 세상 일 안 되는 일이 어디 있나요? 한 번 실패하거든 갑절 용기를 내 가지구 다시 일어서지요. 칠전팔기 모르시오?"

"나폴레옹도 세상 물정에 순응할 때는 성공했어도 그것을 거스르다가 실패를 했더란다. 너는 칠전팔기해서 성공한 몇 사람만 보았지, 여덟 번 일어섰다가 아홉 번째 가서 영영 쓰러지고는 다시 일어나지 못한 숱한 사람이 있는 건 모르는구나?"

"그래두 인제 두구 보시우. 나는 천하 없어도 성공하구말 테니…… 아저씨는 그래서 더구나 못써요. 일해 보기두 전에 안 될 줄로 낙심 먼저 하구……."

"하늘은 꼭 올라가 보구라야만 높은 줄 아니?"

원, 마지막 가서는 할 소리가 없으니깐 동에도 닿지 않는 비유를 가져다 돌려대는 걸 보아요. 그게 어디 당한 말인구? 안 올라가 보면 뭐 하늘 높은 줄 모를 천하 멍텅구

리도 있을까. 그만 해 두려다가 심심하길래 또 말을 시켰
지요.

"아저씨?"

"왜 그래?"

"아저씨는 인제 몸 다아 충실해지면 어떡허시려우?"

"무얼?"

"장차…….”

"장차?"

"어떡허실 작정이세요?"

"작정이 새삼스럽게 무슨 작정이냐?"

"그럼 아저씨는 아무 작정 없이 살아가시우?"

"없기는?"

"있어요?"

"있잖구.”

"무언데요?"

"그새 지내오던 대로…….”

"그러면 저 거시기, 무엇이냐, 도로 또 그걸……?"

"그렇겠지.”

"아저씨?"

"…….”

"아저씨?"

"왜 그래?"

"인제 그만두시우."

"그만두라구?"

"네."

"누가 심심 소일루 그러는 줄 아느냐?"

"그렇잖구요?"

"……."

"아저씨?"

"……."

"아저씨?"

"왜 그래?"

"아저씨, 올해 몇이지요?"

"서른셋."

"그러니 인제는 그만큼 해 두고 맘 잡아서 집안일 할 나이두 아니오?"

"집안일을 해서 무얼 하나?"

"그러기루 들면 그 짓은 해서 또 무얼 하나요?"

"무얼 하려고 하는 게 아니란다."

"그럼, 아무 희망이나 목적이 없으면서 그래요?"

"목적? 희망?"

"네."

"개인의 목적이나 희망은 문제가 다르니까…… 문제가 안 되니까……."

"원, 그런 법도 있나요?"

"법?"

"그럼요!"

"법이라……."

"아저씨?"

"……."

"아저씨?"

"왜 그래?"

"아주머니가 고맙잖습디까?"

"고맙지."

"불쌍하지요?"

"불쌍? 그렇지, 불쌍하다면 불쌍한 사람이지!"

"그런 줄은 아시누만?"

"알지."

"알면서 그러시우?"

"고생을 낙으로, 그 쓰라린 맛을 씹고씹고 하면서 그것에서 단맛을 알아내는 사람도 있느니라. 사람도 있는 게 아니라 사람마다 무슨 일에고 진정과 정신을 꼬박 거기다가만 쓰면 그렇게 되는 법이니라. 그러니까 그쯤 되면 그

때는 고생이 낙이지. 너희 아주머니만 두고 보더라도 고생이 고생이면서도 고생이 아니고 고생하는 게 낙이란다."

"그렇다고 아저씨는 그걸 다행히만 여기시우?"

"아아니."

"그렇거들랑 아저씨두 아주머니한테 그 은공을 더러는 갚아야 옳을 게 아니오?"

"글쎄, 은공을 모르는 건 아니지만……."

"그러니 인제 병이나 확실히 다아 나으신 뒤엘라컨……."

"바빠서 원……."

글쎄, 이 한다는 소리 좀 보지요? 시치미 뚜욱 떼고 누워서 바쁘다는군요! 사람 속 차릴 여망 없어요. 그저 어디루 대나 손톱만큼도 쓸모는 없고 남한테 사폐만 끼치고 세상에 해독만 끼칠 사람이니, 뭐 하루바삐 죽어야 해요. 죽어야 하고 또 죽어서 마땅해요.

그런데 글쎄, 죽지를 않고 꼼지락꼼지락 도로 살아나니 성화라고는, 내…….

두 순정

두 순정

1

산중이라 그렇기도 하겠지만 절간의 밤은 초저녁이 벌써 삼경인 듯 깊다.

윗목 한편 구석으로 꼬부리고 누워 자는 상좌의 조용하고 사이 고른 숨소리가 마침 더 밤이 조촐함을 돕는다.

바깥은 산비탈의 참나무 숲, 솨아 때때로 이는 바람이 한참 제철 진 낙엽을 우수수 날려 흩뜨린다.

바람이 지나가고 나면 이어 어디선지 모르게 싸늘한 찬기운이 방 안으로 스며들어 등잔의 들기름 불을 위태로이

흔들어 놓는다. 가느다란 등잔불이 흔들릴 때마다 아랫목 벽에는 노장의 검은 그림자가 커다랗게 얼씬거린다.

이야기를 시초만 내다가 말고서 합장을 하고 눈을 감고 앉았는 노장은 언제까지고 움직일 줄을 모른다.

머리는 곱게 밀어 맨살같이 연하다. 수굿이 숙인 그 머릿길 없는 머리와 이마 위로는 무엇인지 모를 슬픔이 흐르는 듯 드리워 있다.

하얗게 센 눈썹이 갖다 붙인 것 같다. 길기도 길어 한 치는 넉넉 되는 성부르다. 은실을 심은 듯 고운 수염이 그리 터부룩하지 않아서 더욱 해맑다.

얼굴은 가는 주름살이 골고루 덮이고 티끌 하나 없이 몹시도 청아하다. 그 청아한 품이 지나치게 잘 그린 그림같이 방금 숨을 쉬는 산 사람의 얼굴인가 싶질 않다.

그렇거니 하고 보노라면, 어쩌면 숨도 하마(벌써) 쉬지 않느니라 싶어진다. 숙인 이마, 감은 눈, 합장한 손, 모두 저 오랜 옛적부터 이렇게 그리고 앞으로 영겁(永劫)까지 이렇게 이마를 숙이고 눈을 감고 손을 합장하고 앉았을 한 폭의 슬픈 그림이 아니던가 하는 환각을 일으킬 듯 정적의 한동안이 계속되고 있다. 나는 혼자 어떤 내력 모를 비극의 전설을 눈으로 보는 것 같은 이 노승의 그렇듯 비애가 흐르는 정적의 풍모에만 온갖 정신이 쏠려, 그가 꺼내다가만 이야기 끝을 기다리기도 잊어버렸다.

　얼마를 그러고 있었는지 모른다.

　이윽고 노장의 입술이 가느다랗게 움직이면서 소리도 들릴락 말락,

　"나——무아미타불, 관세음보살!"

　말은 염불이나 음성은 탄식하듯 하염없다.

　"어서 주무실걸."

　노장은 합장했던 손을 내리고 조용히 눈을 뜨다가 나를 보고 혼잣말하듯 중얼거린다. 주인된 인사상이겠지, 눈초리와 입가로 미소가 드러난다.

　"네, 아직 졸리지두 않구, 그리구……."

　나는 아닌 변명을 하면서 아주 웃는 걸로 무료함을 껐다.

　"……또 하시던 이야기두 마저 듣고 싶어서…….'"

　"허허, 그만 이야기가 무어 그리 들음직한 게 있다구…….'"

　"아니, 재미있습니다. 어디 그 다음을 마저 좀…….'"

　"허허, 재미가 무슨…… 저엉 듣고자 하시면 하기는 하리다마는, 나두 원, 들은 지가 하두 오래서…….'"

　노장은 아까 맨 처음에 하던 변명을 또 하고 있다. 이야기가 자기의 소경사(所經事 ; 겪어 온 일)가 아닌 양으로 하

자 함이다.

실상 오늘 우연히 유산(遊山)을 나왔던 길인데, 다른 일행은 아래 절에서 유하고 있고, 나는 전부터 이곳에 이상한 노승이 있다는 말을 들었던 터라 위정(일부러) 혼자만 이 암자를 찾아 올라와서 시방 그로 더불어 하룻밤을 지내게 된 것이다.

"게, 그래서…… 가만 있자, 내가 어디까지 이야기를 했던가! 아, 오옳지, 응응……."

노장은 잊었던 이야기 끝을 찾아냈대서, 머리 없는 머리를 끄덕끄덕한다.

"게, 그래서…… 색시는 밤이 이슥하두룩 졸린 것을 참고 앉아서 바느질을 하다가…… 그러자니 촌 농갓집 며느리로 새벽 어둑어둑하면 일어나서 소물(쇠죽)을 쑨다, 세 때 끼니를 해 치른다, 빨래질 다듬질을 한다 하느라고 겨울이라 다른 일은 없다지만 온종일 오죽이나 몸이 고되며, 그러니 밤이면 오죽이나 졸립겠소? 그런 걸 눈을 쥐어 뜯구 참아 가면서, 꾸벅꾸벅 졸아 가면서……."

이렇게 이야기를 하고 앉았는 노장은 눈앞에 그 이야기의 환영을 보는 듯, 고개를 들어 우두커니 한눈을 팔면서 하는 말소리는 꿈같이 고요하다.

이어서 이야기는 다음과 같이 풀려 나간다.

2

색시가 그렇게 밤이 깊도록 기다리고 있노라면 이슥해
서야 겨우겨우 이웃집 글방에서 글 읽는 소리가 끊긴다.

색시는 얼른 방문 소리, 기침 소리를 연달아 내면서 사
립문께로 나간다. 그때면 벌써 사립문 밖으로 쿵쿵쿵 어린
새서방 봉수가 급하게 뛰어오다가,

"어머니!"

하고 외쳐 부른다.

언제고 이렇게 부르는 것이지만 실상 모친이나 부친을
찾는 것이 아니요, 거기에 제네 색시가 기다리고 있는 줄
알면서 부를 수 없는 색시 대신 어머니라고 부르던 것이다.

부르는 소리에 대답하듯 색시가 기침을 하면서 지친 사립
문을 열라치면 봉수는 반갑다고 한걸음에 뛰어들어 색시 앞
에 가 우뚝 어둠 속에서도 배슥히 웃는다. 색시도 웃는다.

색시가 사립문을 잠글 동안 봉수는 기다리고 섰다가 둘이
같이서 앞서거니 뒤서거니 제네들 방으로 들어온다.

이렇게 비둘기 한 자웅처럼 쌍 지어 노는 색시와 새서방
이라고는 하지만 색시는 스물한 살, 새서방은 열두 살, 그
러니 모자간이라면 좀 무엇하겠고 그저 헴('헤아림' 또는
'생각') 든 누이와 어린 오랍동생 같은 사이다.

색시는 새서방 봉수를 꼬옥 오랍동생한테 하듯 귀애하고, 새서방 봉수는 어머니를 제쳐놓고 어머니한테 따르듯 색시를 따른다. 봉수는 밖에 나갔다가 돌아와서 모친은 눈에 안 떠어도 그만이지만, 색시가 없든지 하면 단박 시무룩해 가지고 찾는다.

이렇게 둘이는 부부간의 정이 들기 전에 그것을 건너뛰어 의좋은 동무, 정다운 오뉘가 되었던 것이다.

방으로 들어서기가 바쁘게 봉수는 노오랑 초립과 빨강 두루마기를 훌러덩훌러덩 벗어 내던진다.

색시는 그것을 일일이 집어서 갓집과 횟대에다가 넣고 걸고 한다.

"망건은 안 벗구?"

색시는 벌써 눈에 졸음이 가득한 새서방을 갸웃이 들여다보면서 웃는다.

"응…… 참, 아이 졸려!"

새서방은 눈을 시일실 감으면서 커다란 상투가 올라 앉았는 머리로 조그마한 손이 올라간다.

"내가 벳겨 주오?"

"응."

좋아라고 새서방은 색시의 무릎에 엎드린다. 색시는 망건을 사알살 벗기기 시작한다.

"이애기 (이야기)······ 응?"

새서방은 색시의 무릎에 엎드려 망건을 벗기우면서 고담(古談)을 조른다.

"아이! 졸려서 곤드레만드레허믄서 이애기를 해 달래."

"그래두······ 이애기 해 주어야지, 머······."

"가만 있어, 그럼 내 망건 갖다가 걸구, 잘 누워서 이애기해 줄게, 응?"

"응."

색시는 벗긴 망건을 걸고 와서 새서방을 아랫목으로 뉘고 이불을 덮어 주고 저도 한 가닥으로 허리를 가리고 그 옆에 가 드러눕는다.

새서방은 모로 돌아누워 이야기를 기다린다.

"저어 옛날에에, 저어······."

"응."

"아이! 하두 해쌓아서 인전 할 이애기가 있어야지, 어떡허나?"

"호랭이 이애기······."

"호랭이 이애기는 백 번두 더 한걸!"

"그래두······."

"가만 있어, 그럼 내 호랭이 이애기는 아니라두 재미있는 이애기 하나 헐게, 응?"

"응."

"저어 옛날에 쬐꼬만한 새서방허구 커어다란 색시허구……."

"이잉, 싫다. 이잉……."

새서방은 저를 빗대놓고 무슨 이야기를 지어서 하려는 줄 알고 지레 방색(防塞)을 한다.

"하하하, 아이참, 쬐꼬만한 새서방이라믄 왜 그렇게 질색을 헐꼬!"

"해해……."

"하하."

"아, 가만 있어! 요게 무어야?"

새서방은 색시가 웃는 볼로 옴폭하니 패는 보조개를 손가락으로 꼭 누른다. 오늘 밤 처음 본 것은 아니지만 오늘 밤에야말로 그것이 퍽 좋아 보였던 것이다.

"인전 그만 불 끄구 자, 응?"

"이애기는?"

"내일 저녁에 해 줄게."

"시방……."

"어쩌나…… 그럼 저어 옛날에……."

색시는 아무거나 되는 대로 둘러대서 호랑이 이야기를 한다.

새서방은 동화를 들으면서 미처 다아 듣지도 않고 스르르 잠이 든다.

색시는 이불을 여며 주고 다독거려 주고 하면서 무심코 새서방의 자는 얼굴을 들여다본다.

눈에 익은 나무 같아 안 자라는 성불러도 이태지간에 퍽 자라기는 자란 셈이다. 키도 자랐거니와 혬도 들고…….

재작년 섣달에 시집을 왔으니까 꼬박 이태다. 그때는 새서방의 나이 열 살, 정말로 아기여서 밤이면 자다가 엄마를 부르고 울기도 가끔 했고 언젠가는 오줌도 쌌었다.

조금만 제 비위를 맞추어 주지 않으면 울고 안방으로 달려가서 일러바치고, 그 끝에는 으레 시어머니한테 걱정을 듣게 하고…… 그러던 것이 시방은 따르는 것도 따르는 것이거니와 도리어 제네 어머니를 가지고 색시한테 이르게끔 되었으니 그만해도 철이 났다고 할는지.

3

역시 그해 그 겨울 섣달 대목이 임박해서다.

시부모는 겨울이라 농사일도 별반 바쁠 게 없고 하니 봄이 되기 전에 며느리를 친가로 보내기로 했다.

재작년에 혼인을 했으니 햇수로는 삼 년이요, 삼 년이면 근친도 보낼 때다. 그러니 기왕 보낼 바이면 명절도 제네 친가에 가서 쇠게 할 겸 그믐 전으로 보내는 게 좋겠다고, 그래 모레 글피로 아주 날을 받고 부랴부랴 서두르기를 시작했다.

새며느리의 첫 근친이라면 하기야 혼인 잔치 못지 않게 이바디(잔치)를 차려야 하는 것이지만 가난한 촌농가에서 어디 그런 격식을 갖게 차릴 수는 없는 노릇, 그저 흰떡이나 한 말 하고 인절미나 한 말 하고 도야지 다리에 닭이나 한 마리 하고 엿이나 좀 고고 술이나 한 병 하고 이것이다.

이래서 집안이 갑자기 바짝 바빴는데 새서방 봉수는 대목이니까 설차림인 줄 심상히 알았다. 바로 그날 저녁.

여느 때처럼 글방에서 늦게 돌아와 자리에 누운 새서방 봉수는 역시 여느 날 밤처럼 옆에 나란히 누운 색시더러 이야기를 조른다.

색시는 요새로는 저녁마다 그 이야기를 대기에 밑천이 달려 적잖은 걱정거리다.

"저어, 옛날에에에……."

색시는 이렇게 시초만 내놓고 까막까막 생각하다가 언뜻 좋은 이야깃거리가 생각이 났다.

"아이참, 나 말이여, 응?"

"응?"

"저어, 모레 글피, 응? 저어, 우리 집에 갔다 올게, 응?"

"우리 집? 저어기 재 너머 쇠꼴? 이잉, 싫다. 잉."

"흐흐흐, 어쩌나…… 그래두 꼭 가야 하는 법인걸? 어머니 아버지가 갔다 오라구 해서 가는걸?"

"그래두 난 몰라…… 머."

"그러지 말구, 응! 내 가서 꼬옥 한 달만 있다가 올게…… 이애기두 많이 배워 가지고 오구…….

"싫다, 잉…… 한 달, 머 서른 밤이나 머 자구 와?"

색시는 아닌게 아니라 속으로 딱하기는 했다.

시집을 왔으면 이태고 삼 년 만에 내남없이 의례건(依例件) 한 번씩은 근친을 가는 법, 그래서 시부모도 시키는 노릇이고, 시키는 노릇이어서 마지못해 하는 게 아니라 시켜 주기를 까맣게 기다리던 즐거운 한때다.

그러니까 즐거운 마음으로 가기는 가는 것이지만 그대도록 따르던 새서방을 비록 한두 달일망정 떼어 놓고 혼자 가서 있자니 두루 안된 게 한두 가지가 아니다. 밤으로 글방에서 돌아올 때면 누가 나서서 맞아 주며 그 밖에 아침 저녁의 잔시중은 누가 들어 준단 말이냐.

어머니가 없는 것이 아니나 암만해야 그새처럼 색시 제가 해 주듯이 마음에 들도록 살뜰히 해 줄까 싶질 않다.

이렇게 생각을 하면 근친이고 무엇이고 다아 그만두었

으면 싶기도 하다.

그러나 맘대로 그만둘 수도 없는 일이거니와 가령 저 혼자는 그만두자고 한다더라도 시부모한테 뻐젓이 내세울 말이 없다.

그렁저렁 색시는 마음이 민망하여 속을 결정하지 못한 채 새서방 봉수는 그날 밤부터 이집(異執)이 나 가지고 뿌루퉁한 채 근친 떠나는 날이 되었다.

새서방은 필경 고집이 터져 글방에도 안 가고 울어대다가 저의 부친한테 매를 맞았다.

매를 맞았어도 속에 맺힌 노염이야 풀릴 이치가 없어 종시 시무룩하고 한편 구석으로 비켜서서 색시가 떠나는 눈치만 본다.

색시는 마음에 걸려 몇 번이고 뒤를 돌아보면서 내키지 않는 길을 떠났다. 떠나기 전에 아무도 안 보는 조용한 틈을 타서, 인제 글방이 파접(罷接 ; 글 짓고 책 읽는 모임을 마치는 것)하거든 설에 어머니 아버지더러 말씀하고 꼬마동이나 앞세우고서 오라고 달래기는 했으나 새서방은 움먹움먹 대답도 안했다.

색시의 뒷그림자가 멀어지자 새서방은 사립문 밖으로 나서서 손가락을 입에 물고 바라다본다. 이바디 고리짝을 진 꼬마동이가 앞을 서고 뒤에는 색시와 또 하나 안동(眼

同 ; 사람을 따르게 하거나 물건을 지니고 가는 것)해 보내는 동리의 일갓집 아주머니가 나란히 들판을 건너가고 있다. 분홍 저고리에 갈매(짙은 초록빛) 옥색 치마를 입고 시방 저리로 까맣게 멀리 가는 색시 얼굴이 눈앞에 어른어른한다.

해죽이 웃고 웃으니까 볼에 옴폭 보조개가 팬다.

방금 떠나갔는데 자꾸만 보고 싶다. 보고 싶은데 자꾸만 멀어간다. 멀어가는 그것이 어쩌면 색시가 영영 가 버리는 것이나 아닌가 싶어진다.

그 생각을 하니 그만 안타까워 몸부림이라도 치고 울었으면 시원할 것 같다.

저 벌판을 다아 건너 다시 그 앞을 막고 섰는 산을 넘어서 또 조금만 가면 처갓집인 줄은 안다.

그러나 그것은 제가 장가를 갈 때와 또 그 뒤에 한 번 가 본 제 기억이 아니라 색시가 노상 손을 들어 가리켜 주며 하던 말일 뿐이다.

그러니까 색시가 한 그 말대로 그렇거니 하기만 했지 어디로 어떻게 가는 게 그 길인 줄은 모른다.

가든 안 가든 가는 길도 모르는 것이 봉수는 더욱 안타까웠다.

시방이면 아직은 보이니까 쫓아가면 갈 것도 같다.

부르면서…… 무어라고? 어머니라고 부르면 알아들을 걸……. 어머니, 어머니 부르면서 쫓아가면 거기 서서 기다려 줄걸…….

곧 뛰어가고 싶다. 다리가 움찔거린다. 저어기 시방 가고 있는, 분홍 저고리에 갈매 옥색 치마를 입은 색시가 돌아서서 웃고 기다리고, 그럴라치면 얼른 집으로 가자고 데리고 오고…….

어느 결에 눈물이 흐르는 것도 몰랐다.

4

사흘 뒤에 봉수의 부모는 할 수 없이 봉수를 아내가 가서 있는 처가로 보내기로 했다.

울고 이집을 부리고 할 때는 매질을 해서 다스렸지만, 그저 시무룩하니 풀이 죽어가고 있는 것은 애처로워 볼 수가 없다.

그러나마 자식이라고는 그것 하나밖에 없는 외아들.

외아들이기 때문에 농투성이(농부의 낮춤말)의 터수에 그래도 장차 생일(노동)이야 해먹을 값에 제 성명 석 자나마 알아보고 쓰고 하라고 글방에도 보내어 〈통감(通鑑)〉 권이라도 읽히던 것이고.

그러나 그렇기 때문에 글방이 내일 모레면 파접이 될 것도 상관 않고 하루 이틀 더얼 다닌다고 무슨 그리 우난 공부래서 밑질 게 있을까 보냐고 생각난 길에 그날로 보내기로 한 것이다.

봉수는 처가에 —— 처가가 무엇인지는 몰라도 색시한테를 가라는 말만 듣고도 기운이 나서 날뛰었다.

사실 그는 색시가 없고 나니 아무 재미도 없고 모두 불편하기만 했다.

밤에 글방에서 돌아오면서 두 번 세 번 어머니를 불러야만 겨우 대답하고, 그거나마 사립문께까지 나온 것도 아니요 겨우 방에서 그런다.

이래저래 짜증이 나서 소리소리 어머니를 처부르면 아버지가 저놈은 다아 자란 놈이 장가를 가서 남 같으면 아이를 낳을 놈이 생얼뚱아기로 응석만 한다고 나무람을 한다.

마지못해 어머니 옆으로 가야 옷도 받아서 걸어 주지 않고 이야기는 물론 해 주지도 않는다.

자다가 요강을 찾아야 얼른 대어 주지도 않는다. 그래서 자다가 깼을 때는 옆에 색시가 없는 것이 한결 더 섭섭하고 방금 울고 싶다.

잠도 재미있게 자지질 않고 밥도 먹히지 않는다. 그리고서 자꾸만 색시가 옆에 있으면 하는 그 생각만 난다.

사흘 낮 사흘 밤을 이렇게 풀죽어 지내다가 인제는 어쩌면 영영 색시를 만나지 못하는 것이 아닌가 하는 낙망까지 하던 끝에 갑자기 처가에 가라는 말이 나오니 신이 나지 않을 수가 없던 것이다.

하기야 기왕이면 색시가 집으로 온 이만은 못했다. 그래서 속으로 가거든 단박에 색시를 데리고 같이 집으로 오려니 하는 엉뚱한 꾀를 내었다.

색시가 설빔으로 해서 농 속에 재곡재곡 넣어 둔 새옷을 갈아 입었다. 부모는 간 길에 아주 설까지 쇠고 있다가 제네 아내와 같이 오라는 뜻으로 이렇게 차려 보내는 것이다.

처가에 설 세찬으로 달걀 세 꾸러미와 장닭 한 마리를 꼬마동이가 지게에 얹어 지고 길잡이삼아 앞을 섰다. 봉수는 노랑 초립에 빨강 두루마기에 인제 갈아 신을 새 버선을 보따리에 싸 짊어지고 뒤를 따라섰다── 우쭐거리면서……. 촌집의 이른 조반을 먹고 나섰어도 이십 리 들판을 건너 오르기 오 리, 내리기 오 리의 소잡한 재를 넘어 다시 십 리를 걸어 겨우 쇠말의 처가에 당도했을 때는 쪼작거리는 어린애 걸음이라 오때(낮때)가 겨웠었다.

새서방이 찰락거리고 들어서는 걸 본 색시는 고꾸라질 듯이 마당으로 뛰어내려온다. 꼬마동이며 또 뒤미처 나서는 친정 어머니며 동생이 보는 데가 아니면 반가움에 겨워 그대로 얼싸안을 듯하다. 새서방은 배슥히 웃고 섰다.

장모도 반겨 하고, 마침 앓고 누웠는 장인도 방문으로 고개를 내민다.

"어서 방으로 들어가세…… 잘 오기는 왔네마는 추운데 오느라구 고생했네."

장모가 이런 소리를 하면서 방으로 인도하재도 새서방은 그대로 서서 있다.

"어서 방으로 들어가요, 응?"

색시가 들여다보면서 아기 어르듯 하니까 새서방은 차차로 볼때기가 나오더니,

"집에 가!"

한다.

여섯 살배기의 처제까지 모두 웃는다. 색시도 웃기는 웃으나 그의 고집을 알기 때문에 단단히 속으로는 걱정이 된다.

"어쩌나…… 그러지 말구, 자아, 어서 방으로 들어가요! 추워서 말두 잘 못하면서……."

"집에 가!"

"호호호오, 아 나두 오래오래간만에 우리 어머니 아버지한테 왔으니깐 좀 편안히 있다가 가야지! 응, 그렇잖아?"

"집에 가!"

"글쎄, 가든 안 가든……."

장모가 보기에 하도 답답해서 달래는 말이다.

"방으로나 들어가서 이애기를 해야지 원, 우리 착한 새 서방님이 이럴 디가 있더람! 자아, 어서."

"어서 일러서 들어오너라…… 그 자식이 고집두 유난하구나! 춥다, 어서 들어오너라."

장인도 내다보고 있다 못해 말을 거든다.

그래도 꼼짝 않는 것을 색시가 할 수 없이 아무튼 그러면 가기는 갈 테니 위선 방으로 들어가자고 짐짓 조르니까 겨우 마음이 조금 풀리는지 비실비실 방으로 따라 들어온다.

5

이튿날 오때가 훨씬 겨웁고 거진 새때나 됨직해서 색시는 새서방을 앞세우고 친정집을 나섰다.

도무지 장인이고 장모고 색시고 천하 없어도 그의 고집을 당해 낼 수가 없었다. 어제 당도하던 길로 그렇게 고집을 부리면서 점심을 주어야 먹지도 않고 저녁도 안 먹고 엉파듯이 앉아 조르기만 했었다.

졸리다가 못해 되는 대로 그러면 오늘은 날이 기왕 저물었으니 내일 아침에 일찍 가자고 졸랐다. 그 말에 또 한 번 솔깃해서 저녁밥을 먹는 시늉, 그 밤을 지냈다.

날이 훤히 밝자 일어나 앉아서 가자고 졸라댄다.

조반도 안 먹고 점심 때가 되니까는 필경 울음을 내놓는
다.

인제는 아무렇게도 도리는 없고 다만 한 가지 색시가 같
이서 시집으로 오는 것뿐이다. 사맥(事脈)이 이렇게 다급
했던 것이다. 색시는 참말 딱했다.

새서방이 이쯤 따르고 하는 걸 여겨 가령 근친을 와서
오래 편안히 있지 못하고 닷새 만에 도로 가는 것이야 글
로 메울 수도 없는 것은 아니다.

실상 말이지 근친이라고 왔대야 생각하더니보다는 그다
지 즐거움도 모르겠고, 흡사히 남의 집에 온 것 같아 하루
바삐 시집으로 돌아가고 싶은 생각이 오던 그 이튿날부터
나지 않은 것도 아니었었다. 더욱이 저를 잃어버리고 풀죽
어 있을 새서방의 양자(樣姿)가 눈에 암암 밟히어 밤으로
도 편안한 잠을 이룰 수가 없었다. 하니 어떻게 생각하면
무지금코 일찌감치 돌아가는 것이 일변 좋지 않은 것도 아
니다.

그러나 시집에 대한 인사를 못 차려서 일이 아니다. 명
색 근친이라고 왔던 길이니 시부모의 버선 한 켤레, 주머
니 엽낭 하나씩이라도 해 가지고 돌아가야 할 것이고, 다
만 인절미 한 고리짝이라도 지워 가지고 갔어야 할 것이

두 순정　　129

다. 그런데 이처럼 맨손이다. 민망하여 어떻게 얼굴을 들고 시부모를 보랴 싶다.

겨우 술 한 병에 마침 동리 사람이 꿩사냥을 해 둔 게 있어서 그놈 한 자웅을 구해 가지고 나서는 수밖에 없었다.

꿩은 새서방이 보따리에 꾸려 짊어지고 술은 색시가 손에 들었다.

부친은 앓고 누워 기동을 못하고 그렇다고 누구 마음맞게 배웅해 줄 사람도 없어 모친이 겨우 오 리 가량 따라 나와 주었다.

이럴 줄 알았으면 어저께 데리고 온 꼬마동이라도 잡아두었을 것을 하고 후회될 따름이다.

그러나 해는 좀 기울었다지만 아는 길이니 저물기 전에 재만 넘어서면 그 다음에는 평탄한 들판인즉 좀 저물더라도 그리 상관은 없으리라는 안심으로 그것도 묻뜨리고 나선 것이다.

아침부터 잔뜩 흐렸던 하늘에서는 금시로 눈이 쏟아질 것 같다. 바람이 또한 여간만 차고 거세게 불지를 않는다. 오 리 바탕이나 바래주러 따라 나왔던 모친이 딸이 근친이라고 왔다가 느닷없이 이렇게 쫓겨가고 있는 양이 새삼스럽게 어이가 없어 뻬언히 보고 섰을 무렵부터 눈발이 하나씩 둘씩 포올폴 날리기 시작했다. 바람도 차차 더 거칠어

걸음 걷는 앞으로 채어든다.

그러던 것이 필경 재 밑에까지 당도했을 때는 이미 사나운 눈보라로 변하고 말았다.

바람은 사정없이 앞을 채이는데 눈발이 미친 듯 휘날리어 걸음도 걸을 수가 없거니와 가는 길이 어떻게 되었는지 분간할 수가 없다.

색시는 겁이 더럭 나고 어쩐지 마음이 내키질 안했다. 새서방은 보니 입술이 새파랗게 얼어가지고 달래달래 떤다. 어떻게도 애처로운지 차마 볼 수가 없다. 그럴수록 자꾸만 더 뒤가 돌아뵌다. 시방이면 한 십 리 길밖에 오지 않았으니 친정집으로 돌아가도 그리 어려울 것은 없을 듯싶다. 그래 새서방더러 그렇게 했다가 내일 날이 들거든 오자고 달래니까 그건 죽어라고 도리질을 한다. 색시는 할 수 없이 새서방이 짊어진 보따리를 벗겨 제가 한편 어깨에 걸치고 한 손으로 새서방의 손을 잡아 이끌면서 재를 오르기 시작했다.

비탈은 험한데 길이래야 겨우 발이나 붙임직한 소로다. 그 위에다가 눈이 벌써 허옇게 덮였으니 어느 것이 길이고 아닌지 알아보기가 어렵다. 우환중에 바람이 앞을 채이고 자욱한 눈발이 시야를 가로막으니 짐작삼아 더듬고 간다는 것도 대중을 할 수가 없다.

드디어 길을 잃고 말았다. 하마 마루턱까지는 올라왔으려니 싶은데 그대로 올라가는 길이다. 그런가 하고 한참 올라가노라면 갑자기 내리쏠리는 비탈이 앞으로 기울어졌다. 비탈을 겨우겨우 내려가면 도로 또 올라가는 언덕바지다.

색시는 옳게 겁이 나고 마음이 다뿍 급해서 허둥지둥한다. 새서방은 손목을 잡혀 매달려 오면서 세 걸음에 한 번씩 고꾸라진다. 와들와들 떨면서 얼굴이 사색이다. 참다 못해 새서방을 들쳐업었다. 업고 나서니 새서방은 편할지 몰라도 색시는 더 어렵다. 꿩을 싼 보따리는 띠삼아 동여 맸다지만 손에 든 술병이 여간만 주체스럽질 않다.

새서방을 들쳐업고 다시 얼마를 헤매는 동안에 길은 종시 찾지 못했는데 날이 깜박 저물었다. 눈보라는 더욱 사나워 세 걸음 앞이 보이질 않고 바람은 앞뒤로 치어 픽픽 고꾸라뜨린다.

등에 업힌 새서방은 어엉엉 울어댄다. 춥고 배가 고프다는 것이다. 그도 그럴 것이 어제부터 고집을 쓰느라고 끼니를 변변히 먹지 않았으니 묻지 않아도 배는 고플 것이다. 속이 비었으니 춥기도 한결 더할 것이고.

그러나 춥고 배가 고프기는 새서방만 아니다. 색시도 새서방이 밥을 안 먹고 하는 운김에 어제 점심부터 오늘 점심까지 줄곧 설쳤기 때문에 시방 여간만 속이 허한 게 아

니요, 따라서 추위도 더 심하다.

　등에 업힌 새서방의 우는 소리에 애가 녹다 못해 색시는
치마를 벗어서 덤쑥 무릅씌운다. 그러나 그것 한 껍데기
벗어 버린 색시는 갑절이나 더 추웠어도 새서방이 그만큼
갑절 따스운 것은 아니다. 다시 얼마를 헤맸는지 모른다.
눈보라도 눈보라려니와 인제는 날이 아주 어두워서 지척을

분간할 수 없다. 앞으로 옆으로 허방을 딛고는 쓰러진다.

그렇게 쓰러지기까지 하느라고 더욱 기운이 빠져 아주 기진맥진한 걸음도 옮겨 놓기가 어렵게 되었다. 기운이 없을 뿐만 아니라 정신도 아드윽하니 횡총망총해진다.

그러한 중에도 한 가지 등에서 우는 새서방을 생각하여 이래서는 안 되겠다고 정신을 가다듬고 기운을 차려 가면서 구르듯 기어가듯 하는 참인데, 그럴 무렵에 어쩌다가 한 번 앞으로 푹 고꾸라지는 손에 잡혀지는 것이 있었다.

어떻게도 반가운지.

그것은 논바닥의 벼포기였다.

벼포긴 줄 알자, 인제는 산중을 벗어져 나왔구나 하는 안심에 그대로 필신 주저앉아 버렸다.

다시 일어날 기력이 없기도 하려니와 그는 시진한 정신에 시방 좀 쉬어 가자는 생각이 든 것이다. 이 눈보라 속에서 쉬어 가자고 주저앉아 있는 것이 벌써 정신을 차리지 못한 것인 것은 말할 것도 없다. 그러나 그러한 중에도 등에 업었던 새서방을 내려서 제 품안에 담쑥 안고 치마로 싸주고 하기를 잊지 않았다.

하는 동안에 정신이 차차로 더 오리소리하고, 그러자 새서방의 우는 울음소리가 차차로 차차로 멀어감을 알았다.

"혼자 먼첨 가나 보다. 그렇다면 다행이지!"

여기까지 생각하다가 깜박 정신을 놓아 버렸다.
새서방은 그대로 울고 있고…….

6

그날 밤, 그리 깊든 안해선데, 동리 사람 몇이 마침 재를 넘어 오다가 길 옆 논바닥에서 사람 우는 소리를 들었다. 그들은 처음 귀신 우는 소린 줄 알고 모두 머리끝이 쭈뼛했으나 일행이 여럿이기 때문에 대체 그놈의 귀신이 어떻게 생긴 것인지 좀 본다고 쫓아와서 횃불을 비추어 보니 봉수네 내외였다.

꽁꽁 얼어서 오그라붙은 색시와 다아 죽어가는 새서방을 동리 사람들이 업어 오기는 했으나, 색시는 영영 소생하지 못했고 새서방만 무사히 살아났다.

7

봉수는 죽은 색시를 잊지 못했다. 언제고, 분홍 저고리에 갈매 옥색 치마를 입고 해죽 웃는 얼굴에 이쁜 보조개가 옴폭하니 패는 색시가 눈에 밟혔다. 봉수는 이렇게 색시의 얼굴을 생각해 보는 것이 슬프면서 그게 기쁨이었었

다. 그러는 동안에 그의 나이 열셋, 열넷, 열일곱, 스물, 더해 가고 사람도 자라 철이 들어갔다. 그러나 분홍 저고리에 갈매 옥색 치마를 입고 보조개가 옴폭 패게 웃는 색시의 환영은 그대로 가슴속에서 사라지지 않았다. 도리어 점점 더 뚜렷해 갔다.

스무 살 때에 그의 부모가 다시 장가를 들이려고 했으나 봉수는 막무가내로 듣지를 안했다.

스물다섯 살까지에 양친이 다아 돌아가자, 봉수는 집과 살림과 밭뙈기와 논 몇 마지기를 모조리 팔아 가지고 동리를 떠났다.

누구의 말에는 어느 산중에 들어가서 중이 되었다고도 한다.

8

"누구의 말에는 산중에 들어가서 중이 되었다고 한답디다."

이 말로 노장의 이야기는 끝이 났다. 나는 비로소 이 노장의——아주 속세의 인정사와 인연이 없는 성불러도 기실 지극히 슬픈 인정 비화의 주인공인——이 노장의 내력을 안 것 같아서 혼자 고개를 끄덕거렸다.

"그래 노장, 올에 연치가 어떻게 되셨나요?"

"내 나이요? 허! 여든둘이랍니다."

"여든둘…… 그러니 칠십 년이군! 칠십 년이군, 칠십 년, 일세기 가까운 순정!"

나는 혼잣말로 이렇게 중얼거리다가 다시 물어보았다.

"그래 시방두 그 분홍 저고리에 갈매 옥색 치마를 입고 볼에 보조개가 옴폭 패는 색시가 늘 보입니까?"

"실없는 말씀을!"

노장은 나를 나무라면서 눈을 감고 고개를 숙이고 합장을 한다.

머리 없는 머리와 숙인 이마로 흔적없이 드리운 비애, 흰 눈썹에 은실 같은 수염, 그림같이 청아한 얼굴, 숨도 쉬지 않는 듯한 정적……. 이런 것이 모두 아까와 같았으나 대하는 나에게는 새로이 인상이 핍절(逼切)했다.

윗목에서는 상좌가 여전히 꼬부리고 누워 숨소리 고르게 자고 있다. 잊었다가 생각이 난 듯 쏴아하니 밖에서 바람이 일어 낙엽을 흩뜨린다.

찬 기운이 방 안으로 스며들면서 등잔의 들기름 불이 가느다랗게 춤을 춘다. 아랫목 벽에 어린 노장의 꼼짝도 않는 그림자가 호올로 얼씬거린다.

채만식

■ 1902년(1세)······6월 17일 전북 옥구(沃溝)군 임피면 읍내리에서
부 채규섭(蔡奎燮)의 오형제 중 막내로 출생함. 호는 백릉(白菱) 또는
채옹(采翁).

■ 1914년(13세)······임피보통학교를 졸업함.

■ 1918년(17세)······서울 중앙고등보통학교에 입학함.

■ 1920년(19세)······은선홍과 결혼함.

■ 1922년(21세)······서울 중앙고등보통학교를 졸업하고 일본으로
건너가 와세다 대학 영문과에 입학함.

■ 1923년(22세)······관동 대지진으로 인해 와세다 대학 영문과를
중퇴하고 귀국함. 동아일보사에 입사하여 정치부 기자가 됨.

■ 1924년(23세)······『조선문단(朝鮮文壇)』지에 첫 단편 〈세 길로〉
가 춘원(春園) 이광수에 의해 추천되어 문단에 데뷔함.

■ 1925년(24세)······단편 〈불효자식〉을 발표함.

■ 1926년(25세)······동아일보 기자를 거쳐 『개벽(開闢)』지 편집기
자가 됨.

■ 1929년(28세)······『별건곤(別乾坤)』지에 단편 〈산적〉을 발표하
면서 본격적인 작품활동을 시작함. 단편 〈그 뒤로〉를 발표함.

■ 1930년(29세)······『별건곤』지에 단편 〈병조와 영복이〉를 발표
함. 희곡 〈낙일(落日)〉과 수필 〈신록〉 외에 단편 〈앙탈〉, 〈암소를
팔아서〉 등을 발표함.

■ 1931년(30세)······『동광(東光)』지에 단편 〈사라지는 그림자〉를

발표한 데 이어 『혜성(彗星)』지에 〈스님과 새 장사〉, 〈창백한 사람들〉, 〈화물 자동차〉를 계속 발표하였으며, 논문 〈함일돈 군의 기극(奇劇)〉을 『비판(批判)』지에 발표함.

■ 1932년(31세)······카프에 직접적으로 참여하지는 않았지만 이 때를 전후하여 동반자적 경향의 작품을 씀. 단편 〈부촌(富村)〉(『신동아(新東亞)』)을 비롯해 〈농민의 회계보고〉 등 배일적이며 사회주의적인 작품을 발표함. 그 밖에 희곡 〈행랑 들창에서 들리는 소리〉(『신동아』), 〈목침 맞은 사또〉(『신동아』), 〈감독의 아내〉(『동광』) 등을 발표함.

■ 1933년(32세)······조선일보에 장편 〈인형의 집을 나와서〉를 연재함. 단편 〈팔려간 몸〉, 〈애달픈 죽음〉과 희곡 〈조조(曹操)〉, 수필 〈길거리에서 만난 여자〉, 평론 〈백 명이 한 개를 낳더라도 옳은 프로 작품을〉 등을 발표함. 조선일보사에 입사함.

■ 1934년(33세)······5월부터 7월까지 3회에 걸쳐 『신동아』지에 사회 풍자적인 〈레디메이드 인생〉을 연재함. 희곡 〈인텔리와 빈대떡〉 등을 발표함. 이후 약 2년 동안 창작생활을 중단함.

■ 1936년(35세)······조선일보사를 사직, 기자생활을 모두 청산하고 금광업에 투신함. 단편 〈보리방아〉(조선일보), 〈명일〉(『조광(朝光)』), 〈빈(貧) 제1장 제1과〉(『신동아』) 등을 발표함. 희곡 〈심 봉사〉를 『문장(文章)』지에 발표하려다 조선총독부 검열로 전문(全文)이 삭제당함.

■ 1937년(36세)······조선일보에 장편 〈탁류(濁流)〉를 연재함. 단편 〈젖〉, 〈얼어죽은 모나리자 상(上)〉, 〈생명〉, 〈제향날〉(『조광』)

등을 발표함.

■ 1938년(37세)······장편 〈천하태평춘〉을 『조광』지에 연재함. 이 작품은 후에 〈태평천하(太平天下)〉로 제목이 바뀜. 무능한 인텔리의 비극을 그린 단편 〈치숙(痴叔)〉을 동아일보에 발표함. 그 외에 단편 〈동화〉, 〈병이 낫거든〉, 〈쑥국새〉(『여성(女性)』), 〈두 순정〉, 〈용동댁의 경우〉, 〈이런 처지〉(『사해공론(四海公論)』), 〈소망〉(『조광』) 등을 발표함.

■ 1939년(38세)······단편 〈정자나무 있는 삽화〉(『농업조선(農業朝鮮)』), 〈패배자의 무덤〉(『문장』), 〈모색〉(『문장』), 〈홍보씨〉(『인문평론(人文評論)』) 등을 발표함. 박문서관에서 《탁류》를, 학예사에서 《채만식 단편집》을 간행함.

■ 1940년(39세)······단편 〈치안의 풍속〉(『신세기(新世紀)』), 〈냉동어〉(『인문평론』)과 희곡 〈당랑(螳螂)의 전설〉, 수필 〈금과 문학〉을 발표함.

■ 1941년(40세)······단편 〈근일〉(『춘추(春秋)』), 〈집〉(『춘추』), 〈종로의 주민〉, 〈사호일단(四號一段)〉, 〈해후〉 등과 중편 〈병이 낫거든〉(『조광』)을 발표함.

■ 1943년(42세)······『조광』지에 장편 〈어머니〉를 연재함. 조선출판사에서 단편집 《집》을, 박문서관에서 《배비장》을 간행함.

■ 1944년(43세)······매일신보에 장편 〈여인전기(女人戰記)〉를 연재. 단편 〈맹순사(孟巡査)〉, 〈역로(歷路)〉 등을 발표함.

■ 1945년(44세)······일제의 소개령에 따라 옥구로 낙향함. 부친이 별세한 데 이어 장남 무열(武烈)이 병으로 죽음. 실의에 빠져 마

작에 손을 댐.

■ 1946년(45세)······ 조선금연에서 《허생전》을, 박문출판사에서 《제향날》을 간행함. 단편 〈미스터 방(方)〉을 『신문학(新文學)』지에, 〈논 이야기〉를 《해방문학선집》에 발표함.

■ 1947년(46세)······ 모친이 별세함. 서울타임스에서 《여자의 일생》을, 민중서관에서 《잘난 사람들》을 간행함.

■ 1948년(47세)······ 장편 〈옥랑사〉를 탈고한 데 이어 단편 〈처자〉(『주간서울』), 〈낙조〉, 〈도야지〉, 〈민족의 죄인〉(『백민(白民)』) 등을 발표함. 장편 《태평천하》를 간행함.

■ 1949년(48세)······ 박문출판사에서 〈아름다운 새벽〉을, 민중서관에서 《탁류》 3판을 간행함. 중편 〈소년은 자란다〉를 탈고함. 단편 〈역사〉(『학풍(學風)』), 〈늙은 극동선수〉(『신천지(新天地)』), 동화 〈이상한 선생님〉(『어린이나라』) 등을 발표함.

■ 1950년(49세)······ 6월 전북 이리(裡里)에서 숙환인 노년성 폐결핵으로 별세함. 전북 옥구군 임피면 취산리 선영에 안장됨. 미완성 소설 〈소〉를 남김.

■ 1955년······ 『희망(希望)』지에 〈옥랑사〉가 유고로 연재 발표됨.

■ 1972년······ 중편 〈소년은 자란다〉가 『월간문학(月刊文學)』지에 유고로 발표됨.

■ 1973년······ 중편 〈과도기〉와 희곡 〈가죽버선〉이 발견되어 『문학사상(文學思想)』지에 유고로 발표됨.

■ 1975년······ 『문학사상』지에 〈생명의 유희〉가 유고로 발표됨.

레디메이드 인생

┃ 2009년 12월 7일 발행

┃ 지은이_ 채만식
펴낸이_ 박준기
펴낸곳_ 도서출판 맑은소리
주소_ 서울시 금천구 가산동 550-1 롯데 IT캐슬 2동 1206호
전화_ 02-857-1488
팩스_ 02-867-1484
등록_ 제10-618호(1991.9.18)

┃ ISBN 978-89-7952-110-8 03810